W0416556

Charmed

Zauberhafte Schwestern

Hexen im Fadenkreuz

Roman von

Cameron Dokey

Aus dem Amerikanischen von Thomas Ziegler

vgs

Bibliografische Information Der Deutschen Bibliothek
Die Deutsche Bibliothek verzeichnet diese Publikation in der Deutschen Nationalbibliografie; detaillierte bibliografische Daten sind im Internet über http://dnb.ddb.de abrufbar.

Published by arrangement with Simon Pulse, an imprint of Simon & Schuster Children's Publishing Division. All rights reserved. No part of this book may be reproduced or transmitted in any form or by any means, electronic or mechanical, including photocopying, recording or by any information storage and retrieval system, without permission in writing from the Publisher.

Erstveröffentlichung bei Pocket Books, New York 2003.
Titel der amerikanischen Originalausgabe: *Truth and Consequences*
von Cameron Dokey
Das Buch »Charmed – Zauberhafte Schwestern.
Hexen im Fadenkreuz« von Cameron Dokey entstand auf der Basis der gleichnamigen Fernsehserie von Spelling Television, ausgestrahlt bei ProSieben.

© des ProSieben-Titel-Logos mit freundlicher Genehmigung der ProSieben Television GmbH

® & © 2003 Spelling Television Inc.
All Rights Reserved.

1. Auflage 2003
© der deutschsprachigen Ausgabe:
Egmont vgs verlagsgesellschaft mbH
Alle Rechte vorbehalten.
Lektorat: Ralf Schmitz
Produktion: Wolfgang Arntz
Umschlaggestaltung: Sens, Köln
Titelfoto: © Spelling Television Inc. 2003
Satz: Kalle Giese, Overath
Druck: Clausen & Bosse, Leck
Printed in Germany
ISBN 3-8025-3259-7

Besuchen Sie unsere Homepage:
www.vgs.de

Prolog

Es war eine dunkle, neblige Nacht.

Dichter, grauer, alles verhüllender Nebel. Die Art Nebel, die durch Gassen schleicht, ihre Finger nach Kaminen ausstreckt, sich in Straßen sammelt und zu soliden Wänden auftürmt.

In ganz San Francisco gingen die Lichter aus, als der Nebel herankroch und sie verschluckte. Vertraute Landmarken verschwanden. Vertraute Gesichter verwandelten sich in Fremde, mit vom Dunst verhangenen und veränderten Zügen. Je dichter der Nebel wurde, desto mehr degradierte er die Wirklichkeit zu einem Trugbild. Illusion beherrschte den Tag.

Und die Nacht.

Selbst jene, die in San Francisco geboren, aufgewachsen und daran gewöhnt waren, dass der weiße Dunst in der Abenddämmerung von der Bucht aufstieg, verschränkten die Arme vor der Brust und schauderten. In jedem Viertel beendeten die Menschen Konferenzen oder verschoben Besorgungen nach der Arbeit, um schnell nach Hause zu kommen, wo es sicher und warm war.

Ein Gedanke regte sich, den niemand laut auszusprechen wagte. Die Menschen wollten nicht glauben, dass sie diesen unheimlichen Gedanken von astronomischen Proportionen wirklich dachten. Dass sie ihn zu einer bloßen Einbildung machten, half ihnen nicht weiter, oder dass sie sich fragten, ob sie vielleicht zu viele Folgen von *Twilight Zone* gesehen hatten.

Denn obwohl die Einwohner von San Francisco es sich

auszureden versuchten, blieb der Gedanke bestehen: Etwas näherte sich. Etwas, das nicht hierher gehörte. Etwas, dem man definitiv nicht begegnen wollte.

Es kam mit dem Nebel.

Er beobachtete sie von der anderen Straßenseite aus. Die drei Hexen. Die *Zauberhaften*. Ein kollektiver Stachel im Fleisch aller dunklen und gefährlichen Dinge.

Zu denen er gehörte.

Er hatte natürlich früher schon von den *Zauberhaften* gehört. Nur wenige Wesen in der Unterwelt hatten es nicht. Aber er hatte seine eigenen Pläne, seine eigenen Bedürfnisse, seine eigene Mission. Aber all das hatte ihn bisher nicht in die Nähe der mächtigsten Hexen der Welt geführt. Bis jetzt war sein Interesse an den *Zauberhaften* einfach nicht groß genug gewesen.

Doch das hatte sich in dieser Nacht geändert.

Sie auszuspionieren war eigentlich nicht nötig. Es gab keinen wirklichen Grund dafür, dass er in einer klammen, kalten Straße von San Francisco stand und ein hell erleuchtetes Haus beobachtete. Aber er war neugierig, das musste er zugeben. Wer waren sie, diese Frauen, die weit mehr zu sein schienen, als es ihr Äußeres verriet? Diese *Zauberhaften*?

Auf eine seltsame Weise fühlte er eine Wesensverwandtschaft. Auch er war mehr, als er zu sein schien, und nichts davon war gut. Was ihn zu ihrem Widersacher machte.

Er überquerte die Straße und ging mutig durch den Vorgarten. Trat direkt vor das Frontfenster. Er wusste, dass er nicht befürchten musste, entdeckt zu werden. Niemand würde ihn sehen, wenn er es nicht wollte. Und er wollte nicht. Noch nicht. Die Zeit war noch nicht reif.

So beschränkte er sich darauf, die Hexen dabei zu beobachten, wie sie durch die Zimmer ihres Hauses gingen, und seine Augen sahen auf eine Weise, die Normalsterblichen verwehrt blieb. Aber natürlich hatte es keinen Sinn, ihn mit jenen zu vergleichen, die normal waren. Er hatte sich schon vor sehr, sehr langer Zeit dazu entschlossen, nicht wie andere Menschen zu sein.

Eine der *Zauberhaften* deckte den Tisch für das Abendessen; eine andere machte Salat. Die dritte rührte in einem Topf, der auf dem Herd kochte. Sie sahen wie Hausfrauen aus. Behaglich. Zufrieden.

Genießt es, solange ihr noch könnt, Hexen, dachte er. Und auf seinem Gesicht blitzte ein böses Lächeln auf. Er beobachtete, wie jene, die den Salat zubereitete, mit der Arbeit fertig wurde und durchs Haus ging. Rollläden schloss, Vorhänge zuzog. Die Nacht und den Nebel aussperrte. Als sie das Frontfenster erreichte, blieb sie stehen.

Ihre Hand zögerte am Zug der Jalousien. Er glaubte zu hören, wie sie den Atem anhielt, und hätte vor Vergnügen fast laut aufgelacht. Offenbar flößte ihr der Auftritt, den er gewählt hatte, Unbehagen ein. Der Nebel verunsicherte sie.

Er ließ den Dunst mit einer Handbewegung am Fenster aufwallen.

Gefällt dir mein Auftritt?, fragte er stumm, während der Nebel ihn wie ein magischer Umhang umfing und vor ihren Blicken verbarg. Warte, bis du siehst, welche Zugabe ich auf Lager habe.

Im nächsten Augenblick war der Beobachter so lautlos und unsichtbar, wie er gekommen war, in der Nacht verschwunden.

»Phoebe?«, fragte Piper Halliwell leise. »Stimmt etwas nicht?«

Phoebe Halliwell, die noch immer am Frontfenster stand, schreckte auf. Was in aller Welt ist mit mir los?, dachte sie. Seit der Nebel aufgekommen war, war sie nervös und unruhig. Sah immer wieder über die Schulter, als erwartete sie, etwas in ihrem Rücken zu finden, nur um jedes Mal festzustellen, dass niemand dort war.

Natürlich nicht.

Ihr war nicht einmal bewusst gewesen, was sie tat, bis sie die besorgten Blicke ihrer Schwestern bemerkt hatte. Danach hatte sie sich zusammengerissen. Aber das Gefühl war nicht gewichen. Es war sogar noch stärker geworden. Schließlich konnte Phoebe es nicht mehr ertragen.

Vielleicht hört es auf, wenn ich die Vorhänge zuziehe, dachte sie. Vielleicht würde sie sich dann nicht mehr einbilden, dass dort draußen etwas war. Im Nebel. Wartend und beobachtend.

Sie hatte sich fast selbst überzeugt, dass sie es geschafft hatte, ihr Unbehagen zu vertreiben, bis sie das Wohnzimmerfenster erreichte und die Hand ausstreckte, um die Jalousien zu schließen. Sie spürte ... ja, was eigentlich? Keine Vorahnung. Keine so greifbare Empfindung. Nur ein Gefühl. Mehr als das. Sie war sich jetzt ganz sicher.

Etwas verbarg sich in dem Nebel. Etwas, das nicht dort hingehörte.

Und wenn sie die Vergangenheit etwas gelehrt hatte, dann die Gewissheit, dass auch dieses Etwas früher oder später tun würde, was jene im Ungefähren hausenden Wesen gewöhnlich immer taten.

Es würde sich den *Zauberhaften* zeigen.

1

ZWEI TAGE SPÄTER WAR DER NEBEL verschwunden und San Francisco wieder normal. In der ganzen Stadt gingen die Leute aus, obwohl die Woche erst zur Hälfte herum war.

Es war Mittwochabend, und Phoebe Halliwell hatte sich in Schale geworfen, um ebenfalls auszugehen.

Um genau zu sein, befand sie sich bereits in San Franciscos angesagtestem romantischen Restaurant, einem schicken, kleinen französischen Bistro namens *Chez Richard*. Das Kleid, das Phoebe für den Abend ausgesucht hatte, war so heiß wie das Lokal. Auch wenn sie im Moment die Einzige war, die dies beurteilen konnte.

Sie hatte das Kleid erst gestern in ihrer Lieblingsboutique entdeckt und sofort gekauft. Ein Ereignis, das das Gefühl drohenden Unheils während des Nebels vertrieben hatte. Das Kleid war aus Seide, von der Farbe reifer Kirschen, und es passte perfekt zu Phoebes dunklen Haaren und Augen. Es war auf eine Weise geschnitten, die verführerisch aussah, aber nichts enthüllte.

Das muss etwas damit zu tun haben, dass ich kurz davor stehe, jemandes »kleines Frauchen« zu werden, dachte Phoebe säuerlich. Urplötzlich sehne ich mich nach etwas Geheimnisvollem in meinem Beziehungsleben.

Nicht, dass sie sich bisher über einen Mangel an Geheimnissen hätte beschweren können.

Ihre äußere Erscheinung und das Lokal konnte man als Pluspunkte für den Abend ansehen. Der Minuspunkt war indes, dass Phoebe die Einzige war, die diese Pluspunkte zu schätzen wusste. Ihr Verlobter Cole Turner hatte sich verspätet, und Phoebe hatte keine Ahnung warum.

Cole, wo steckst du?, fragte sie sich verzweifelt.

Sie rutschte auf ihrem winzigen Barhocker hin und her und spürte, wie die Seide raschelnd über ihre Haut glitt, während sie abwechselnd ein Bein über das andere schlug. Ich frage mich, ob dies als Aerobic-Übung zählt, dachte sie. Wenn ja, dann hatte sie das Abendessen bereits vorab abgearbeitet, das sie bestellen würde, selbst wenn dazu eine der kremgefüllten Pasteten gehörte, für die das *Chez Richard* berühmt war. Nach ihrer Schätzung bewegte sie ihre Beine jetzt schon seit mindestens zwanzig Minuten auf diese Weise hin und her.

Entspann dich, ermahnte sie sich stumm, während sie ihre Beinarbeit unermüdlich fortsetzte. Cole verspätet sich nur ein wenig. Der dichte Verkehr. Phoebe hatte dieses Phänomen auf dem Weg zum Restaurant ebenfalls erlebt. Sie konnte sich nicht erinnern, an einem Mittwochabend jemals so viele Leute auf der Straße gesehen zu haben. Das kleine Restaurant war brechend voll.

Vielleicht ist Cole in die Zeitschleife geraten, in der manche Kerle festzustecken scheinen, spekulierte sie. Immerhin war Cole inzwischen menschlich. Und vielleicht stellte seine Unpünktlichkeit irgendeinen sonderbaren Initiationsritus für sterbliche Männer dar.

Vielleicht aber auch nicht.

Phoebe trank einen Schluck von dem Mineralwasser, das sie bestellt hatte, und zuckte zusammen, als die winzigen Blasen prickelnd durch ihre Kehle rannen. Sie war zu erfahren, um zu glauben, dass die Ruhe, die in der letzten Zeit an der Front herrschte, an der miese Unterwelttypen alles daransetzten, den Mann zu töten, den sie liebte, bedeutete, dass Coles ehemalige Komplizen aufgehört hatten, ihn zu jagen.

Dämonen hatten einfach nichts dafür übrig, die Vergangenheit ruhen zu lassen.

In der Tatsache, dass es an der Angriffsfront still geworden war, konnte man allenfalls ein schlechtes Zeichen sehen. Irgendwann würden ihre Feinde wieder zuschlagen. Und es ließ sich nicht leugnen, dass Cole ein paar Erzfeinde von der großen, bösen, übernatürlichen Sorte hatte. Ebenso wenig ließ sich die Tatsache leugnen, dass seine Liebe zu Phoebe mit dafür verantwortlich war, dass er sie sich zu Feinden gemacht hatte.

Auch wenn es stimmen mochte, dass alle Männer eine geheime, innere dunkle Seite hatten, so hatte Coles Hang in diese Richtung einen Namen. Einst halb Mensch, halb Dämon, war seine innere dunkle Seite ein rotschwarzes Wesen namens Balthasar gewesen.

Der Dämon Balthasar hatte eine Mission gehabt: Töte Phoebe und ihre älteren Schwestern Prue und Piper, die zusammen zufällig die mächtigsten Hexen der Welt sind, die *Zauberhaften*.

Alles war nach Balthasars Plan gelaufen, bis Coles menschliche Seite etwas völlig Unerwartetes getan hatte. Er hatte sich in eins seiner Opfer verliebt. In Phoebe, um genau zu sein. Wie das Schicksal es wollte, erwiderte Phoebe Coles Liebe. Gemeinsam hatten sie Balthasar bezwungen, und jetzt war Cole durch und durch menschlich.

Aber ihr Glück hatte einen Preis ...

Prue, dachte Phoebe, als unerwartet das Bild ihrer toten Schwester vor ihrem geistigen Auge auftauchte. Phoebe blinzelte heftig und wehrte sich gegen die heißen Tränen, die plötzlich in ihren Augen brannten.

Es hatte keinen Sinn, um Prue zu weinen. Sie war tot. So einfach und gleichzeitig so kompliziert war das. Und Phoebe hatte das Gefühl, dass ihre älteste Schwester von ihren Tränen gerührt und gleichzeitig sauer auf sie sein würde. Du weißt, dass ich dich liebe, Phoebe, konnte sie Prue mit ihrer etwas rauen Stimme sagen hören, aber ich habe mein Schicksal erfüllt, während deines noch vor dir liegt. Du musst weitermachen.

Ich weiß, dachte Phoebe. Ich weiß, Prue. Es ist nur …

Es war nur so, dass weitermachen viel leichter gesagt, als getan war. Es schmerzte Phoebe noch immer, an ihre älteste Schwester zu denken. Prue hatte ihr Leben gegeben, um die Unschuldigen zu beschützen und die Pflicht der *Zauberhaften* zu erfüllen.

Und mit ihrem Tod war die *Macht der Drei* gebrochen worden. Eine Weile hatte es trotz Coles und Phoebes Liebe so ausgesehen, als würden Balthasar und die Mächte der Finsternis triumphieren. Aber dann hatte sich das Wunder – oder zumindest das Unerwartete – in Gestalt von Paige Matthews ereignet.

Paige, die Phoebe und Piper ursprünglich für eine Unschuldige gehalten hatten, die ihren Schutz brauchte, obwohl sie nicht sicher gewesen waren, ob sie überhaupt noch jemand beschützen konnten. Paige, die sich aus Gründen, die sie nicht erklären konnte, zu den Halliwell-Schwestern hingezogen gefühlt hatte, obwohl sie nicht ganz sicher war, ob sie das überhaupt wollte.

Aber am Ende waren es eben diese Gründe gewesen, die sie alle auf den Weg der Heilung führten … die Paige die Teile ihrer Persönlichkeit zurückgaben, von denen sie immer gespürt hatte, dass sie fehlten … und die Phoebe und Piper eine neue Schwester schenkten. Und die *Macht der Drei* wieder herstellten.

Paiges Familienname mochte Matthews sein, aber in vielerlei Hinsicht war sie definitiv eine Halliwell.

Sie war Phoebes und Pipers Halbschwester, um genau zu sein. Die Tochter, die ihre Mutter zu schützen versucht hatte, indem sie sie zur Adoption freigegeben hatte. Das Kind einer verbotenen Liebe zwischen einer Hexe und dem *Wächter des Lichts*, der auf sie aufpassen sollte.

Ich schätze, ungewöhnliche Liebesbeziehungen sind in dieser Familie nichts Besonderes, sinnierte Phoebe. Als wären sie und Cole noch nicht genug, gab es auch noch ihre Schwester Piper und Pipers Mann Leo, der *Wächter des Lichts* der *Zauberhaften*. Ihre Liebe war häufiger, als Phoebe zählen konnte, schweren Prüfungen unterzogen worden. Aber ihre Zuneigung hatte schließlich sogar Leos Bosse, den Rat der Ältesten, überzeugt. Im Gegensatz zu ihrer Mutter hatte Piper ihren *Wächter des Lichts* heiraten können.

Was erklärte, warum keine der Halliwell-Mädchen von Paige gewusst hatte, obwohl sie ihre Halbschwester war. Obwohl Paige zunächst mit Misstrauen – okay, in Wirklichkeit mit Panik – auf ihre neue Situation reagiert hatte, hatte sie sich schließlich überzeugen lassen. Sie hatte ihre Kräfte, ihre Pflicht, ihr Schicksal angenommen. Die *Macht der Drei*, der Zirkel der *Zauberhaften*, war wiederhergestellt worden.

Das Leben birgt manche Überraschungen, dachte Phoebe. Und nicht alle waren bösartiger Natur. Dass sie Paige gefunden hatten, war irgendwie erstaunlich, vor allem, weil es bedeutete, dass Phoebe nicht länger die Jüngste war. Sie war jetzt die mittlere Schwester, eine Position, die ihr definitiv geholfen hatte, Piper besser zu verstehen, die mit Prues Tod zur Ältesten der *Zauberhaften* geworden war.

Piper war immer die Vermittlerin gewesen, jene, die den Frieden zwischen der ordentlichen Prue und dem Freigeist Phoebe bewahrt hatte. Jetzt war es Phoebe, die versuchte, einen Ausgleich zwischen der risikofreudigen Paige und Piper zu schaffen, die sich, weil sie nun die Älteste war, zu größerer Vorsicht genötigt sah. Es war zunächst für keine von ihnen leicht gewesen, aber in der letzten Zeit hatte Phoebe den Eindruck, dass es zwischen der Ältesten und der Jüngsten besser lief. Piper und Paige hatten sicherlich mehr Zeit miteinander verbracht. Kichernd und flüsternd, als wären sie schon ewig Freundinnen. Sie waren sogar so gut miteinander ausgekommen, dass es Momente gab, in denen ihr neues Verhalten Phoebe völlig unvorbereitet traf.

Vielleicht verspätet sich Cole *deshalb*, dachte Phoebe plötzlich, eine seltsame Wortassoziation mit dem Begriff *Überraschung* herstellend. Sie glaubte inzwischen, dass manche ihrer sonderbaren Gedankensprünge auf ihre hellseherischen Fähigkeiten zurückzuführen waren. Ihre Gabe, Dinge zu sehen, die andere Menschen nicht sehen konnten.

Hey, immer noch besser, als zu glauben, dass sie verrückt war.

Vielleicht verspätete sich Cole, weil er unterwegs angehalten hatte, um sie zu überraschen, zum Beispiel mit einem Strauß ihrer Lieblingsblumen. Cole war bei dem Gedanken, dass sie zusammen ausgehen würden, genauso aufgeregt gewesen wie Phoebe. Unterwegs anzuhalten, um ihr eine Überraschung zu besorgen, war genau das, was er in seinem Bemühen, sich wie ein Normalsterblicher aufzuführen, tun würde. Wahrscheinlich dachte er nicht einmal daran, dass er sich dadurch verspäten würde.

Das muss es sein, entschied Phoebe, während sie spürte, wie die Spannung aus ihren Schultern wich. Coles Verspätung war das Ergebnis einer netten Geste, die er für sie geplant hatte. Es hatte absolut nichts mit irgendwelchen übernatürlichen Veränderungen zu tun. Sie hatte überreagiert, wozu sie zugegebenermaßen häufiger neigte. Am besten sie dachte nicht weiter darüber nach und entspannte sich.

Wie auf ein Stichwort jaulte ihr Handy gespenstisch auf. Phoebe zuckte so heftig zusammen, dass sie fast von ihrem

Barhocker gefallen wäre. Ich muss mir mal einen anständigen Klingelton für dieses Ding beschaffen, dachte sie, während sie an dem Verschluss ihrer Handtasche rumfummelte, die nicht viel größer als das Handy war.

»Phoebe?«

Phoebe beugte sich nach vorn und stützte ihre Ellbogen auf den Bartresen, als eine Welle der Erleichterung sie durchlief. »Cole.«

»Hey«, sagte Cole, und Phoebe glaubte, einen besorgten Unterton in seiner Stimme zu hören. »Es tut mir Leid, dass ich noch nicht da bin, aber ich kann es dir erklären. Geht es dir gut?«

»Natürlich geht es mir gut«, gab Phoebe zurück. »Die Frage ist, was ist mit dir?«

»Warum sollte es mir nicht gut gehen?«, fragte Cole. Eine kurze Pause folgte. »Okay, streich das«, fügte er nach einem Moment hinzu. »Hör mal, Phoebe ...«

»Bist du sicher?«, unterbrach Phoebe. Sie wusste, dass sie leicht hysterisch klang, aber sie schien einfach nichts dagegen tun zu können. Sie hatte sich Sorgen gemacht, trotz ihrer gegenteiligen Bemühungen. »Deine Stimme klingt irgendwie, ich weiß nicht, komisch.« Visionen von Cole, wie er in einer schrecklichen Unterwelthöhle gefangen war, von Dämonen zu Boden gedrückt, blitzten vor ihrem geistigen Auge auf.

»Phoebe, Schätzchen«, sagte Cole mit geduldiger Stimme. »Ich telefoniere mit einem Handy.«

Phoebe holte tief Luft. Komm schon, Halliwell, ermahnte sie sich. Reiß dich zusammen. Verliere jetzt bloß nicht die Beherrschung. »Ein Punkt für dich«, räumte sie ein. Was ist los mit dir?, dachte sie. Wann hast du dich in Miss Klette verwandelt?

Wenn dies das war, was eine Verlobung aus einem Mädchen machte, dann sollten sie und Cole vielleicht mal darüber nachdenken, ihre Beziehung lieber zu beenden. Phoebe war immer stolz auf ihre Unabhängigkeit gewesen. Dieses Benehmen passte gar nicht zu ihr. »Cole.«

»Ja?«, sagte Cole.

»Würdest du mir bitte verraten, wo du steckst?«

»Ich bin im Büro«, antwortete Cole sofort. »Es tut mir Leid, dass ich nicht schon früher angerufen habe, aber mir waren die Hände gebunden.«

»Hauptsache, du meinst das nicht wörtlich«, seufzte Phoebe, als sie spürte, wie ihre Furcht wie ein angestochener Ballon in sich zusammensank.

Kann ich mich eigentlich noch idiotischer aufführen?, fragte sie sich. Zu den Katastrophenszenarien, die sie entwickelt hatte, um Coles Verspätung zu erklären, hatte jenes, das die meisten Frauen für offensichtlich halten würden, nämlich dass ihr Schatz einfach im Büro aufgehalten worden war, nicht gehört.

»Glücklicherweise nicht«, erwiderte Cole. »Aber ich fürchte, das ist die einzige gute Nachricht, die ich für dich habe. Es tut mir Leid, Phoebe, ich ...« Er brach ab, als wüsste er nicht, wie er fortfahren sollte.

»Du wirst es heute Abend nicht schaffen«, stellte Phoebe fest.

»Nein, das werde ich nicht«, bestätigte Cole sofort und klang erleichtert, dass sie die Neuigkeit so gut aufnahm. »Es geht um diesen großen Mordfall«, fuhr er fort. Cole war stellvertretender Bezirksstaatsanwalt. Ursprünglich war dies seine Tarnung gewesen, um sich an die *Zauberhaften* heranzumachen. Doch inzwischen mochte er seinen Job. Er war für ihn eine Möglichkeit, eine aktive Rolle bei der Bekämpfung des Unrechts zu spielen.

»Wir haben gerade etwas völlig Unerwartetes erfahren«, fuhr Cole fort. »Ich kann nicht in die Details gehen, aber ... es ist eine neue Information. Eine Information, die unseren Fall platzen lassen könnte. Ich kann jetzt nicht hier weg. Keiner aus dem Team kann das. Nicht, bis wir die Sache geklärt haben. Es tut mir Leid. Ich weiß, dass dies unser besonderer Abend werden sollte, aber ich ...«

»Cole«, unterbrach Phoebe mit fester, aber sanfter Stimme. Jetzt, da sie wusste, dass Cole in Sicherheit war, entspannte sie sich. »Das verstehe ich. Es ist in Ordnung. Wenn es irgendwas gibt, das du mir nicht erklären musst, dann die Tatsache, dass die Arbeit manchmal zuerst kommt.«

»Eine wie dich gibt es nur einmal unter einer Million, weißt du das?«, sagte Cole nach einer kurzen Pause.

»Nur eine unter drei«, antwortete Phoebe. »Diese Quote ist gut genug für mich.«

»Warum rufst du nicht deine Schwestern an?«, schlug Cole vor.

»Hör auf!«, sagte Phoebe lachend, obwohl sie im Stillen zustimmte, dass dies eine gute Idee war. »Du meinst doch nicht im Ernst, dass Paige frei hat.«

»Natürlich nicht. Was habe ich mir nur dabei gedacht?«, erwiderte Cole. »Aber was ist mit ...« Er verstummte, und Phoebe hörte im Hintergrund Stimmen. »Es tut mir Leid, Phoebe«, sagte Cole nach einem Moment. »Die Pause ist vorbei. Wie es aussieht, muss ich jetzt weitermachen. Ich komme sobald ich kann nach Hause, okay?«

»Okay«, nickte Phoebe. »Ich liebe dich, Cole.«

»Ja, äh, danke«, sagte Cole. »Ich meine ...«

»Cole.«

»Ja, Phoebe?«

»Sag einfach ›Ich dich auch, bloß noch mehr‹.«

»Ich dich auch, bloß noch mehr«, wiederholte Cole gehorsam. Einen Moment später drang sein seltenes Lachen aus dem Telefon. »Habe ich das gerade wirklich getan?«, fragte er.

»Absolut«, bestätigte Phoebe. »Und der beste Teil ist, du und ich sind die Einzigen, die es wissen.«

Er konnte also nicht »Ich liebe dich« sagen, wenn seine Kollegen im Raum waren. Cole wurde mit jedem Moment sterblicher. Das ließ sich nicht bestreiten.

»Ich könnte mich daran gewöhnen, ein Sterblicher zu sein«, bemerkte Cole mit gesenkter Stimme, als hätte er ihre Gedanken gelesen.

»Ich verlasse mich darauf«, erklärte Phoebe. »Wir sehen uns zu Hause.«

»Richtig«, sagte Cole. Er unterbrach die Verbindung. Phoebe tat es ihm gleich, blieb einen Moment sitzen und starrte ihr Handy an.

Sie war gerade in dem romantischsten Lokal der Stadt von der Liebe ihres Lebens versetzt worden. Und was machte sie?

Grinste wie eine Närrin ihr Handy an.

Phoebe lachte, als sie die Nummer ihres Zuhauses wählte.

2

ALSO DAS NENNE ICH ... SELTSAM.

Phoebe schaltete das Handy aus und schob es in ihre Handtasche zurück. Zwischen ihren Augenbrauen erschien eine winzige Furche. Das Lächeln war von ihren Lippen verschwunden. Wieder hatte sie das Gefühl, dass etwas nicht stimmte – diesmal als Ergebnis ihres Telefonats. Zuhause ging definitiv irgendetwas vor, auch wenn sie dafür von Piper oder Paige keine ausdrückliche Bestätigung bekommen hatte.

Sie hatte ihre Schwestern zum Abendessen eingeladen. Beide hatten abgelehnt.

Paige war die Erste, die Phoebes Einladung zurückgewiesen hatte. Phoebe war so überrascht gewesen, dass ihr sicher, so nahm sie jedenfalls an, die Kinnlade heruntergeklappt war. Paige Matthews lehnte eine Einladung ab, sich in Schale zu werfen und auszugehen? Das war ja ganz was Neues.

Als Phoebe die erste Entgegnung hervorgesprudelt hatte, die ihr in den Sinn kam – so was wie »Paige, bist du sicher, dass es dir gut geht?« –, hatte Paige nur gelacht und ihre ältere Halbschwester daran erinnert, dass selbst die begeistertsten Partymädchen hin und wieder daheim bleiben und ihre Batterien aufladen mussten. Und sollte sie den Abend in dem neuesten romantischen Szenelokal der Stadt mit ihrer *Halbschwester* verbringen?

Darauf konnte Paige Matthews gut verzichten.

Da war was dran, dachte Phoebe, als sie in den Spiegel über der Bar sah und ihren Blick durch das gemütliche

Restaurant schweifen ließ. Mit Ausnahme des Mannes auf dem gleichermaßen winzigen Barhocker zu ihrer Rechten war sie der einzige Single in dem Lokal.

Nach Paiges Ablehnung hatte Phoebe natürlich Piper gefragt. In ihrer Opferbereitschaft war sie sogar so weit gegangen, nicht nur Piper, sondern auch Leo zum Abendessen einzuladen. Aber zu ihrer neuerlichen Überraschung hatte Piper ebenfalls Nein gesagt. Während sie sich, was selten vorkam, eine Nacht von ihrem Nachtklub, dem *P3*, fern hielt, war Leo unterwegs und führte irgendeinen kurzfristigen Auftrag für die Ältesten aus. Damit fielen sie beide für einen netten Abend aus.

Und Piper war der Auffassung, Paige nicht allein lassen zu können. Sie hatten daher beschlossen, einen gemeinsamen Videoabend zu verbringen. Piper war darauf in der Küche verschwunden und hatte die Zutaten für ihr geheimes Gourmetpopcorn-Rezept zusammengestellt.

Niemand scheint es etwas auszumachen, mich allein losziehen zu lassen, dachte Phoebe düster. Sie wusste, dass ihre Schwestern sie nicht absichtlich brüskierten, aber dass sie einen gemütlichen Abend ohne sie verbringen wollten, erweckte in ihr das Gefühl, ausgeschlossen zu sein.

Phoebe verstärkte ihren Griff um das Mineralwasserglas. Sie hatte Coles Nachricht, dass er im Büro aufgehalten wurde, gut aufgenommen. Es war der Gedanke daran, dass ihre Schwestern sich ohne sie amüsierten, der sie störte.

»Ich verstehe«, sagte eine laute Stimme neben ihr. Phoebe fuhr erschrocken zusammen und verschüttete einen Schwall Mineralwasser auf den Bartresen. Das Wasser schwappte wie ein Tsunami über den Tresen und sickerte auf den Ärmel des Mannes zu, der rechts von ihr saß. Phoebe stöhnte entsetzt auf, und der Mann drehte sich zu ihr um und riss die Augen auf, als er sah, was passierte. Im letzten Moment zog er den Arm zurück.

»Natürlich verstehe ich es«, sagte er. Jetzt, da er sich ihr zugewandt hatte, konnte Phoebe sehen, dass er – genau wie sie eben noch – in ein Handy sprach. »So etwas kommt vor. Ich weiß, dass du es nicht vorhersehen konntest – ich rufe dich morgen an – *was?*«

Seine Stimme klang immer gezwungener, während er versuchte, gutmütig und verständnisvoll zu bleiben. Oh-oh, dachte Phoebe. Sie kannte diesen Tonfall. Er vermittelte ihr einen ziemlich guten Eindruck von dem, was am anderen Ende der Leitung passierte.

»Auswärts. Ich verstehe«, fuhr der Mann fort. Mit seiner freien Hand winkte er dem Barkeeper zu und wies auf die Pfütze aus verschüttetem Mineralwasser. »Du hattest es vergessen, und es ist dir erst jetzt wieder eingefallen. Nein, nein, ich verstehe das sehr gut. Ich wünsche dir eine schöne Reise. Ich melde mich, wenn du wieder zurück bist.«

Oder auch nicht, dachte Phoebe unwillkürlich. Obwohl sie nur eine Seite gehört hatte, erkannte sie eine Abfuhr, wenn sie mit einer konfrontiert wurde.

Der Barkeeper kam und wischte Phoebes verschütteten Drink mit einem makellos weißen Handtuch auf. Phoebe nutzte sein Erscheinen, um ihre Position ein wenig zu verändern und sich von dem Mann mit dem Handy abzuwenden. Sie hatte sein peinliches Gespräch nicht mithören wollen. Sie hatte nur nicht gewollt, dass sein Ärmel nass wurde.

»Möchte Madame vielleicht einen neuen Drink?«, fragte der Barkeeper.

»Mademoiselle«, korrigierte Phoebe ihn. Dazu reichte ihr Französisch gerade noch aus. Ganz gleich, in welcher Sprache, niemand würde sie schon vor der Hochzeit eine Mrs. nennen. »Danke, aber ...«

»Verzeihen Sie«, unterbrach der Mann an ihrer Seite leise, und Phoebe dämmerte, dass sein Gespräch beendet war. »Ich würde Ihnen gern einen Drink ausgeben, wenn

Sie möchten. Um mich zu entschuldigen. Ich denke, ich war der Grund dafür, dass Sie Ihren letzten Drink verschüttet haben. Ich wollte Sie nicht erschrecken. Es war das Telefonat. Es … ich …«

Er verstummte. Phoebe wandte sich ihm wieder zu und sah in die hinreißendsten hellgrünen Augen der Welt. Ihr Ausdruck war entschuldigend, bittend und ein wenig traurig. Hoffnungsvoll und gleichzeitig lebensmüde.

Die Augen eines Dichters, durchfuhr es Phoebe plötzlich. In einem Gesicht, das zu dem Jungen von nebenan gepasst hätte. Offen und ernst. Obwohl die Beleuchtung im Restaurant schummerig war, konnte Phoebe schwören, auf seinem Nasenrücken ein paar Sommersprossen zu erkennen. Seine dunklen Haare waren lang genug, um seinen Hemdkragen zu streifen. Alles in allem war er überraschend attraktiv. Wer auch immer diese Frau ist, sie sollte mal ihren Kopf untersuchen lassen, dachte Phoebe.

»Das ist schon okay«, sagte sie mit warmer Stimme. »Ich war einen Moment in Gedanken. Ich habe vergessen, dass ich nicht allein bin. In dem Glas war nur Mineralwasser.«

Der Mann neben ihr grinste, als hätte sie ihm ein Geburtstagsgeschenk gemacht. »In meinem auch«, erklärte er und hob sein Glas, um es ihr zu zeigen. Er nickte dem Barkeeper zu, der davonging. »Nicht, dass ich ein gutes Glas Wein verschmähen würde«, fuhr er fort. Bei einem anderen Mann hätte die Bemerkung hochtrabend geklungen. Bei ihm wirkte sie völlig natürlich, als hätte er ihr damit ein Geheimnis anvertraut.

»Ich meine, es kam mir unhöflich vor, vor meinem Rendezvous zu trinken …«

Abrupt rötete sich sein Gesicht und er brach ab.

»Sie auch, wie?«, fragte Phoebe. Die Worte verließen ihren Mund, bevor ihr bewusst wurde, dass sie ihr durch den Kopf gingen.

Er starrte sie an, als würde er Phoebe zum ersten Mal sehen. »Sie machen Witze«, sagte er nach einem Moment schlicht.

Phoebe spürte eine plötzliche Wärmewelle. Wie macht er das nur?, fragte sie sich. Er gibt in aller Unschuld eine Bemerkung von sich, die bei jedem anderen billig geklungen hätte, sich bei ihm aber wie ein Kompliment anhört.

»Vertrauen Sie mir«, sagte sie. »Das ist nichts, worüber *irgendeine* Frau Witze machen würde. Mein Date muss Überstunden machen. Was ist mit Ihrem?«

Er schnaubte. »Sie muss zu Hause bleiben und packen. Ihr ist ›plötzlich‹ eingefallen, dass sie dringend die Stadt verlassen muss.«

Phoebe zuckte zusammen. Als Entschuldigung war dies ziemlich lahm. So lahm, dass es unmöglich war, den Hintersinn nicht zu verstehen. »Autsch.«

Er grinste freudlos. »Das haben Sie treffend ausgedrückt.« Er zögerte, als würde er innerlich mit sich ringen. »Sie scheinen mit der Zurückweisung gut zurechtzukommen.«

»Aber nur, weil es in meinem Fall keine richtige Zurückweisung war«, begann Phoebe. Das Entsetzen verschlug ihr gerade noch rechtzeitig die Sprache. Was in aller Welt hatte sie sagen wollen?

Der Mann wartete, bis der Barkeeper vor jedem von ihnen ein eisgekühltes Glas Mineralwasser abgestellt hatte, bevor er antwortete: »Ich denke, das Wort, nach dem Sie suchen, ist *abserviert*. Kein Grund zur Sorge. Ich habe einige Erfahrung in diesen Dingen und komme daher ganz gut damit klar.«

Phoebe konnte den Schmerz in seinen leichthin gesprochenen Worten hören. »Es tut mir Leid«, sagte sie leise.

»Nein, ich bin es, dem es Leid tut«, widersprach der Mann neben ihr. »Was halten Sie davon, wenn wir reinen

Tisch machen und noch einmal von vorn anfangen? Ich bin Nick Gerrard.«

Er hielt ihr eine Hand hin. Phoebe schüttelte sie. Die Berührung von Nicks Haut ließ ihre Handfläche leicht prickeln. In ihrer Zeit als Single hätte sie darin ein Zeichen der Zuneigung gesehen. Jetzt fand sie sich damit ab, es einfach zu ignorieren. »Phoebe Halliwell.«

»Ich bitte tausendmal um Entschuldigung, Monsieur Gerrard ...« Der Maître, der einen tadellosen Smoking trug, war wie eine Rauchwolke hinter Nicks Schulter aufgetaucht. Als er Phoebes Hand in Nicks sah, lächelte er erfreut, weil der Zauber des Restaurants offensichtlich funktionierte.

»Ihr Tisch ist frei«, erklärte der Maître. »Wenn Sie und die junge Dame mir bitte folgen würden?« Er machte eine einladende Handbewegung und deutete eine Verbeugung an.

Phoebe riss ihre Hand zurück. »Oh, aber ...«, stotterte sie.

»Aber das ist perfekt!«, rief Nick Gerrard. Er sah Phoebe gleichzeitig erfreut und bittend an. »Essen Sie mit mir zu Abend, Phoebe Halliwell. Überlegen Sie nicht erst. Sagen Sie einfach Ja.«

Phoebe holte Luft, um abzulehnen, und zögerte dann. Warum sollte sie eigentlich nicht damit einverstanden sein? Sicher, am vernünftigsten wäre es, allein zu Abend zu essen oder nach Hause zu fahren und sich zusammen mit ihren Schwestern ein paar Filme anzusehen. Doch bei näherer Betrachtung schien Phoebe keine dieser Optionen besonders reizvoll zu sein.

Was, wenn sie nicht vernünftig sein wollte? Was, wenn sie mit Nick Gerrard zu Abend essen wollte?

Dass sie beide versetzt worden waren, war reiner Zufall, mehr nicht. Nach dieser Nacht würde Phoebe Nick nie wiedersehen. Sie waren zwei Fremde, die durch die Umstände zusammengeführt worden waren. Und am Ende des Abends würden sie durch sie wieder getrennt werden.

»Oh-oh«, murmelte Nick. »Ich kann Ihrem Gesicht ansehen, was jetzt kommt. Sie suchen nach einem Weg, mich nicht zu verletzen, aber Sie werden trotzdem Nein sagen. Tun Sie es nicht, bitte.«

Zu Phoebes Erstaunen glitt er von dem Barhocker, als wollte er vor ihr niederknien. Der Maître klatschte entzückt in die Hände.

»Nick Gerrard, wagen Sie es ja nicht!«, brachte Phoebe irgendwie hervor. Während er von seinem Barhocker rutschte, lachte sie.

»Nur ein Wort wird mich aufhalten«, erklärte Nick mit einem verschmitzten Funkeln in den Augen. »Sagen Sie es einfach, Phoebe. Wenn nicht, wird dieser Abend für mich bloße Zeitverschwendung gewesen sein.«

Phoebe gab auf. Er war wirklich unmöglich. Sie konnte sich nicht erinnern, wann sie zum letzten Mal so herzhaft gelacht hatte. »Genug!«, sagte sie und hob die Hände, als wäre sie eine Bankkassiererin bei einem Überfall. »Ich gebe auf. Ich werde mit Ihnen zu Abend essen. Aber mit getrennter Kasse, oder der Handel gilt nicht.«

Dies war schließlich kein Date, sagte sie sich. Und die Tatsache, dass er sie umgarnt hatte, bedeutete nicht, dass sie nicht ihre eigenen Regeln aufstellen konnte.

»Ich habe eine bessere Idee«, sagte Nick, als er sich aufrichtete. »Ich bezahle für Sie und Sie bezahlen für mich. Auf diese Weise bekommen wir beide das Gefühl, etwas Besonderes zu sein.«

»Einverstanden«, nickte Phoebe und glitt von ihrem Hocker. Aber sie konnte der Versuchung nicht widerstehen, das letzte Wort zu haben. »Ich frage mich, was das teuerste Gericht auf der Speisekarte ist?«

3

»MOMENT, ICH HABE JANELLE VERGESSEN«, sagte Nick. »Sie war Fallschirmspringerin.«

»Sagen Sie bloß nicht, dass sie per Himmelsschrift mit Ihnen Schluss gemacht hat«, warf Phoebe ein, während sie an ihrem koffeinfreien Espresso nippte.

»Sie haben es gesehen, nicht wahr?«, stöhnte Nick und barg den Kopf in den Händen. »Ich schätze, halb San Francisco hat es gesehen. Sie ließ den Piloten ›Vergiss es, Nick‹ direkt über den Golden Gate Park schreiben.«

Phoebe schluckte hastig. Es war die einzige Möglichkeit, einen Hustenanfall zu vermeiden. Obwohl sie auch über ein paar andere Dinge gesprochen hatten, hatte Nick einen Großteil des gemeinsamen Mahles damit verbracht, ihr von den verschiedenen Methoden zu erzählen, mit denen Frauen ihm den Laufpass gegeben hatten. Und jede Geschichte war fantastischer als die vorige. Die Tatsache, dass Phoebe nicht ein Wort davon glaubte, änderte nichts daran, dass er sie zum Lachen gebracht hatte, bis ihre Seiten schmerzten.

Und es fühlte sich gut an, erkannte sie unverhofft. Eigentlich vermittelte ihr der ganze Abend ein gutes Gefühl. Das lag nicht nur an der Tatsache, dass sie seit Prues Tod nicht mehr so herzlich gelacht hatte. Das Abendessen mit Nick erinnerte Phoebe daran, wie es gewesen war, mit einem Freund auszugehen, an ihr Leben, bevor sie entdeckt hatte, dass sie eine der *Zauberhaften* war.

Nick hatte sie auf rein platonische Weise zum Zentrum seiner Aufmerksamkeit gemacht. Sie gefragt, ob ihr das

Essen schmeckte, das sie bestellt hatte, und sie mit seinen lächerlichen Geschichten unterhalten. Sie ermutigt, selbst ein paar Anekdoten zum Besten zu geben. Versucht, sie auf eine Weise kennen zu lernen, die nicht aufdringlich wirkte. Ganz im Gegenteil.

Nach dem Händedruck vorhin hatte er sie nicht mehr berührt. Nicht ein einziges Mal.

Er hatte nicht einmal seinen Arm um ihre Hüfte gelegt, als der Maître sie durch das Restaurant geführt hatte. Oder ihre Fingerspitzen gestreift, als sie ihm den Brotkorb oder das Salz gereicht hatte. Er hatte gezeigt, dass er die von ihr festgesetzten Grenzen respektierte. Dass er sie respektierte.

Ich mag ihn, dachte sie. Wirklich schade, dass er nicht ganz Paiges Typ zu sein schien.

»Ich möchte Ihnen für diesen Abend danken, Phoebe«, sagte Nick, der jetzt in einem ernsten Ton das Schweigen brach, das zwischen ihnen entstanden war. »Ich hoffe, Sie verstehen es nicht falsch, aber es war ... nett.«

»Genau das habe ich auch gedacht«, gab Phoebe zurück. »Mir hat es sehr gefallen.« Sie hob ihre Tasse zu einem Toast. »Auf den netten Abend.«

Nick stieß mit ihr an. »Auf den netten Abend.« Er trank einen Schluck Espresso und stellte die kleine Tasse dann wieder vorsichtig auf die Untertasse zurück. »Wer auch immer dieser Mann ist, mit dem Sie sich treffen wollten, ich hoffe, er weiß Sie zu schätzen«, sagte er, ohne aufzublicken.

»Glauben Sie mir«, entgegnete sie hastig, als sie einen plötzlichen Stich empfand. Hatte sie wirklich während der ganzen Mahlzeit kein Wort über Cole verloren? »Er weiß es.«

Sie war einfach glücklich gewesen, sich entspannen zu können und Nick seine Geschichten erzählen zu lassen. Ihr

Leben eine Weile zu vergessen. Irgendwie war das Thema, mit wem Phoebe verabredet gewesen war, einfach nicht zur Sprache gekommen. Vielleicht war dies ein anderer Grund, warum Nick seine komischen Geschichten erzählt hatte. Um sie abzulenken, ihre Aufmerksamkeit auf sich zu konzentrieren.

»Er weiß mich zu schätzen«, bekräftigte Phoebe. »Und fürs Protokoll, er ist mehr als nur irgendein Mann. Er ist mein Verlobter, um genau zu sein.«

Nick sah auf. »Ihr Verlobter«, wiederholte er mit einem Ausdruck in den Augen, den Phoebe nicht richtig einordnen konnte. »Gratuliere. Ich hoffe, Sie werden sehr glücklich.«

»Das werden wir«, sagte Phoebe nachdrücklich.

»Wie heißt er?«

»Er heißt ...«, sagte eine Stimme direkt über ihrem Kopf, »... Cole.«

»Cole!«, rief Phoebe, als sie sich auf ihrem Stuhl umdrehte und zu ihm aufblickte. In ihrer freudigen Überraschung überhörte sie den Unterton in seiner Stimme. »Schatz, das ist großartig! Du hast es also doch noch geschafft!«

»Sieht so aus, nicht wahr?«, brummte Cole leise, während er sie anfunkelte. »Aber vielleicht hätte ich mir die Mühe nicht machen sollen.«

Oh-oh, dachte Phoebe. Als sie Cole genauer ansah, konnte sie erkennen, wie aufgebracht er war. Der Dämon Balthasar, der Cole längst verlassen hatte, schien durch ein altmodisches, grünäugiges Monster ersetzt worden zu sein. Es war ziemlich klar, dass er aus dem Anblick, der sich ihm bot, die falsche Schlussfolgerung zog.

Cole war eifersüchtig. So viel stand fest. Ein gutes altes menschliches, sterbliches Gefühl.

Phoebe setzte sich wie von einer Nadel gestochen auf ihrem Stuhl auf, als sie begriff, was Cole wirklich ärgerte.

Er hatte nur einen Blick auf sie geworfen und das Schlimmste angenommen! Wie konnte er es wagen, an ihr zu zweifeln? Wenn es irgendetwas gab, das Cole wissen sollte, dann die Tatsache, dass Phoebe ihn niemals betrügen würde.

Sie sah zu Cole auf und erwiderte sein Funkeln mit einem kalten Blick. »Ich denke, du solltest diese letzte Bemerkung besser erklären.«

Auf der anderen Seite des Tisches gab es eine plötzliche Bewegung, als Nick aufstand, offenbar entschlossen, den Streit zu schlichten. »Großartig, dass Sie es noch geschafft haben«, sagte er, während er Cole über den Tisch hinweg anstrahlte. »Nebenbei, ich bin Nick – Nick Gerrard. Als Phoebe und ich feststellten, dass wir beide den Abend unerwartet allein verbringen mussten, haben wir uns entschlossen, uns zusammenzutun. Es wäre zu schade gewesen, zwei Tischreservierungen zu verschwenden.«

Er streckte seine Hand über den Tisch aus. Cole sah ihn an und schob die Hände dann in die Taschen seines Jacketts. Phoebe spürte, wie ihr Ärger und ihre Frustration zunahmen. Cole war wirklich unverzeihlich unhöflich. Sie war nicht der Preis in irgendeinem Wettkampf, etwas, um das kleine Jungs sich balgen konnten.

»Oh, wirklich«, sagte Cole. Sein Tonfall verriet, dass Nicks Versuch, die Lage zu entspannen, zum Scheitern verurteilt war. »Es war also zu schade, zwei Tischreservierungen zu verschwenden. Deshalb hatten Sie die Idee, eine daraus zu machen. Und wessen gerissener Einfall war das wohl?«

Das reicht, dachte Phoebe. Ich habe genug davon.

Sie sprang auf, sodass Cole einen Schritt zurückweichen musste, obwohl er sie weiter mit funkelnden Blicken bedachte. Phoebe ignorierte ihn und winkte dem Kellner, der besorgt herbeigeeilt war. Cole strahlte spürbare Wellen der Feindseligkeit aus. In einem derart kleinen Restaurant würden die anderen Gäste eine derartige Veränderung der Atmosphäre unweigerlich bemerken.

»Was für einen Unterschied macht es schon, wessen Idee es war?«, fragte Phoebe Cole mit eisiger Stimme. »Du hast dir offenbar schon eine Meinung darüber gebildet, was hier heute Abend passiert ist. Spielt es da noch eine Rolle, wer von uns vorgeschlagen hat, gemeinsam zu Abend zu essen?«

Cole kniff die Lippen zusammen. »Ich denke, ich habe ein Recht, es zu erfahren.«

Phoebe schenkte ihm ein Lächeln der mörderischsten Sorte. »So wie es mir zusteht, dass man an mir zweifelt, meinst du?«, fragte sie.

Der Kellner trat mit einem kleinen Silbertablett, auf dem die Rechnung lag, an den Tisch. Bevor Nick danach greifen konnte, nahm Phoebe sie. »Warten Sie bitte einen Moment«, wies sie den Kellner an. Sie streifte den Riemen ihrer Handtasche von der Rücklehne des Stuhls, öffnete sie und nahm ihre Kreditkarte heraus.

»Was soll das?«, rief Cole. »Sag mir nicht, dass du das Essen von diesem Kerl auch noch bezahlen willst!«

»Ich weiß, dass wir uns die Rechnung teilen wollten, Nick«, sagte Phoebe und wandte sich ihm zu, was bedeutete, dass sie Cole den Rücken zukehrte. Sie war schon lange nicht mehr so in der Öffentlichkeit gedemütigt worden. Aber die Tatsache, dass sich Cole schlecht benahm, bedeutete nicht, dass Phoebe es ihm gleichtun musste. Sie fand, dass sie Nick Gerrard diese Geste schuldete. Er hatte sich die größte Mühe gegeben, die Lage zu entschärfen. Dass er damit keinen Erfolg gehabt hatte, war nicht seine Schuld.

»Aber unter den Umständen hoffe ich, dass Sie mich die Rechnung bezahlen lassen«, fuhr Phoebe fort.

»Phoebe«, sagte Nick hilflos. »Ich …«

»Danke«, fiel Phoebe ihm ins Wort. Sie warf ihre Kreditkarte und die Rechnung auf das Silbertablett. »Ich werde den Beleg an der Kasse unterschreiben, wenn Sie nichts dagegen haben«, wandte sich Phoebe an den Kellner.

»Hey, Lady«, sagte der Kellner. »Ganz wie Sie wollen.« Die Möglichkeit einer unangenehmen Szene hatte ihn offensichtlich den französischen Akzent vergessen lassen, mit dem er früher am Abend gesprochen hatte. Sichtlich dankbar, der gespannten Atmosphäre zu entrinnen, machte er auf dem Absatz kehrt und eilte davon.

Phoebe warf sich den Riemen ihrer Handtasche über die Schulter. Sie atmete tief ein und sah dann direkt in Nick Gerrards Augen. »Ich möchte Ihnen für den wundervollen Abend danken«, erklärte sie. »Ich habe seit langer Zeit nicht mehr so herzlich gelacht. Und ich denke, es tat Not, mal wieder richtig zu lachen. Ich möchte Ihnen sagen, dass ich hoffe …« Sie schwieg. Hinter ihr gab Cole einen gefährlichen Laut von sich. »Ich hoffe, dieser Abend markiert das Ende von allem, das auch nur andeutungsweise an eine gewisse Schrift am Himmel erinnert.«

Zu ihrer Erleichterung lächelte Nick. »Damit sind wir schon zwei«, meinte er. »Ihr Verlobter ist ein sehr glücklicher Mann«, fügte er hinzu, während etwas Heißes und Gefährliches in seinen Augen aufblitzte, als er sie auf Cole richtete. Phoebe konnte den Ärger erkennen, den Nick sorgfältig in Schach gehalten hatte, und sie spürte, wie eine zweite Welle der Dankbarkeit für ihn sie durchlief. Die Situation war auch so schon schlimm genug. Aber es wäre viel schlimmer gewesen, wenn Nick seinem Ärger so wie Cole nachgegeben hätte.

»Ich hoffe, dass er das weiß«, fuhr Nick leise fort, als seine Augen wieder zu Phoebe wanderten, »und klug genug ist, sein Glück zu genießen. Es war mir ein Vergnügen, Sie kennen zu lernen, Phoebe. Gute Nacht.« Ohne ein weiteres Wort machte er einen weiten Bogen um Cole und verließ das Restaurant.

»Nun«, sagte Phoebe und drehte sich erst zu Cole um, als sie sicher war, dass Nick fort war. »Ich hoffe, du bist stolz auf dich.« Sie drängte sich an Cole vorbei und wandte sich zur Kasse des *Chez Richard*.

»Was soll das heißen?«, fauchte Cole, als er hinter ihr herlief. »Einen Moment, lass mich raten. Das ist irgend so ein Emanzenkram, oder? Eine Methode, mit der du mir zu verstehen geben willst, dass ich im Unrecht bin.«

Phoebe unterschrieb den Kreditkartenbeleg, wickelte ihre Kopie um die Karte und verstaute beides in ihrer Handtasche, bevor sie antwortete. »Du *bist* im Unrecht, Cole.«

Sie stieß die Restauranttüren auf und trat fröstelnd auf die Straße hinaus. Der Nebel war zurückgekehrt. Große, wogende Wellen aus Dunst verschluckten die Straße wie ein feuchtes Baumwollknäuel.

»Okay, damit ich das richtig verstehe«, sagte Cole, als er Phoebe durch die Tür folgte. »Ich gebe mir größte Mühe, hierher zu kommen, und als ich eintreffe, stelle ich fest, dass du mit einem anderen Kerl zu Abend isst. Als ich *verständlicherweise* aufgebracht reagiere, bin plötzlich *ich* es, der im Unrecht ist? Oh, nein«, erklärte Cole mit einem nachdrücklichen Kopfschütteln. »Ich denke nicht. Um genau zu sein, ich denke, ich habe ein Recht auf eine Erklärung.«

»Nick hat dir eine gegeben«, erwiderte Phoebe. »Eine zutreffende noch dazu. Du hast ihr nicht viel Aufmerksamkeit geschenkt, wenn ich mich recht erinnere.«

Phoebe spürte, dass es ihr zunehmend schwerer fiel, ihren Zorn zu zügeln. Sie hatte sich vorzustellen versucht, was sie empfunden hätte, wenn sie Cole beim Abendessen mit einer anderen Frau ertappt hätte. Sie hatte sogar versucht, sich in seine Lage zu versetzen. Aber seine Weigerung, ihr zuzuhören, machte es Phoebe schwer, vernünftig zu bleiben.

»Das sollte eigentlich *unser* Abend sein«, ereiferte sich Cole, während er ihr hinterherstürmte. »Es ist nicht meine Schuld, dass ich aufgehalten wurde. Ich wette, du hast nicht einmal deine Schwestern angerufen, oder?«, fragte er bitter. »Du hast einfach das erste Angebot angenommen, das du bekommen hast.«

Phoebes Zorn kochte hoch. Sie blieb mitten auf dem Bürgersteig stehen. Ihr war nicht mehr kalt. Eigentlich bemerkte sie den Nebel kaum noch. Stattdessen glühte sie vor Zorn. Langsam drehte sie sich zu Cole um. »Wie kannst du so etwas zu mir sagen?«, sagte sie mit leiser, scharfer Stimme. »Wie kannst du so etwas auch nur *denken*, Cole? Zu deiner Information, ich habe meine Schwestern angerufen. Sie waren beide zu Hause und wollten dort bleiben.«

Cole stieß ein ungläubiges Lachen aus. »Ich soll dir glauben, dass Paige zu Hause bleiben wollte? Das tut sie nie. Das hast du selbst gesagt.«

»Ja, das habe ich gesagt«, gab Phoebe zu. »Aber weißt du was? Ich habe mich *geirrt*. Du weißt doch, wie es ist, sich zu irren, nicht wahr, Cole? Wenigstens solltest du es wissen, denn im Moment bist du im Irrtum. Du bist es, seit du mich mit Nick an diesem Tisch gesehen und entschieden hast, dass ich damit etwas tue, was ich nicht tun sollte. Und fürs Protokoll, ich *erwarte* von dir, dass du mir glaubst. Genau wie ich etwas anderes erwarte, das du völlig vergessen zu haben scheinst.«

»Was?«, fragte Cole. Sein Ton war säuerlich, aber Phoebe konnte erkennen, dass ihre Entschiedenheit ihn allmählich verunsicherte.

»Vertrauen. Ich dachte, ich hätte mir deines verdient.«

»Es geht nicht um Vertrauen«, protestierte Cole. »Es geht um ...«

»Doch, so ist es«, schoss Phoebe zurück. »Es geht *nur* um Vertrauen, Cole. Und wenn du das nicht sehen kannst, dann bist du vielleicht nicht der Mann, für den ich dich gehalten habe.«

Darauf trat eine schreckliche Stille ein. Cole und Phoebe standen sich auf dem Bürgersteig gegenüber, ihr Atem hing in der kalten, feuchten Luft.

»Du solltest nachsichtig mit mir sein«, sagte Cole schließlich. Sein Ton war mürrisch und trotzig, wie der eines Teenagers. »Ich gehöre noch nicht allzu lange zu den Normalsterblichen, wie du weißt.«

»Ja, das weiß ich«, nickte Phoebe. »Und ich habe versucht, dir das anzurechnen, aber ich finde nicht, dass sich diese Tatsache als Entschuldigung eignet, Cole. Entweder du vertraust mir oder nicht. So einfach ist das. Soweit es mich betrifft, ist diese Diskussion beendet. Ich fahre jetzt nach Hause.«

Phoebe wandte sich ohne ein weiteres Wort ab, ging zu ihrem Geländewagen und ließ Cole mit offenem Mund mitten auf dem Bürgersteig stehen.

4

DIE LICHTER VON HALLIWELL MANOR schickten ihr Willkommen durch den Nebel, als Phoebe in die Auffahrt bog. Es fühlt sich gut an, zu Hause zu sein, dachte sie. Sie stellte den Motor ab, blieb aber noch einen Moment sitzen und lehnte die Stirn gegen das Lenkrad. Urplötzlich fühlte sie sich völlig erschöpft.

Phoebe hatte den ganzen Weg vom *Chez Richard* absichtlich alle Gedanken verdrängt und sich allein aufs Fahren konzentriert. In erster Linie hatte sie der Nebel dazu gezwungen. Doch außerdem war dies der einzig mögliche Weg gewesen zu verhindern, dass sie vor Enttäuschung aufschrie oder vor Verzweiflung weinte. Sie war nicht ganz sicher, welche Empfindung überwog, ahnte jedoch, dass sie früher oder später vermutlich beiden nachgeben würde.

Besser, du überprüfst dein Aussehen, entschied sie, als sie die Sonnenblende mit dem Spiegel herunterklappte und im matten Licht der Innenbeleuchtung ihr Gesicht betrachtete. Es hatte keinen Sinn, ins Haus zu gehen, wenn sie zu gestresst aussah. Ihre Schwestern würden sie unweigerlich einem Verhör unterziehen. Und so sehr sie ihre Unterstützung auch zu schätzen wusste, hatte Phoebe im Moment keine Lust auf Erklärungen. Noch nicht. Nicht heute Nacht.

Vor allem, da sie selbst genug Fragen hatte.

Was bedeutete es zum Beispiel für sie beide als Paar, wenn Cole ihr nicht vertraute?

Denk jetzt nicht darüber nach, ermahnte sich Phoebe

und klappte die Sonnenblende wieder hoch. Denk stattdessen einfach positiv. Wenn sie sich an diesen Rat hielt, standen die Chancen gut, dass sie es bis in ihr Zimmer schaffen würde, bevor sie ... das tat, was sie tun würde.

Vielleicht sollte ich mir einen hinter die Binde gießen, dachte sie, während sie aus dem Wagen stieg und mit schnellen Schritten zur Haustür eilte. Sie und Cole hatten so viel durchgemacht. Sicherlich würden sie es schaffen, dieses allzu sterbliche Missverständnis auszuräumen. Trotzdem verletzte Coles Mangel an Vertrauen sie.

Phoebe schob den Schlüssel ins Schloss, öffnete die Tür und trat in die Eingangshalle von Halliwell Manor. »Wally, Beaver, ich bin zu Hause!«, rief sie.

Stille. Seltsam, dachte sie. Im nächsten Moment hätte sie schwören können, Geflüster aus der Richtung des Wohnzimmers zu hören, das jedoch unterging, als plötzlich die Lautstärke des Fernsehers aufgedreht wurde.

»Ich hasse es, wenn sie sich nicht an unsere Namen erinnern kann«, übertönte Paiges Stimme den Lärm.

Phoebe wandte sich noch immer verwirrt dem Wohnzimmer zu. Paige saß in einem übergroßen Baumwollnachthemd mit dem Aufdruck I LOVE SAN FRANCISCO auf der Couch. Es entsprach nicht ihrem normalen Stil und war ein Geschenk von einem dankbaren jungen Klienten, den sie besonders mochte. Zwischen ihr und Piper stand eine riesige Schüssel Popcorn auf der Couch, die so voll war, dass sich eine beträchtliche Menge davon über die Sitzfläche verstreut hatte.

Piper trug ihren Lieblingspyjama aus Flanell, der mit Küchenutensilien bedruckt war. Als sie sich zur Seite beugte, um das Knie ihrer jüngeren Halbschwester zu tätscheln und eine Hand voll Popcorn zu nehmen, blieben ihre Augen wie gebannt auf den Fernseher gerichtet.

»Nimm es nicht persönlich«, riet sie mit vollem Mund.

»Das Mindeste, was sie tun kann, ist, uns mit unseren Mädchennamen anzusprechen«, erwiderte Paige. »Und du lass deine Hände von *meinem* Popcorn.«

»Ich esse nur die, auf denen ›Piper‹ steht«, versprach Piper und warf sich die nächste Hand voll in den Mund. Während des Wortwechsels gönnte keine der beiden Hexen Phoebe auch nur einen Blick.

So viel zu meiner Sorge, dass jemand mitbekommen könnte, dass in meiner Welt etwas nicht stimmt, dachte Phoebe.

Ein Teil von ihr wusste, dass sie dankbar dafür sein sollte, nicht beachtet zu werden. Jetzt konnte sie nach oben gehen, bevor Paige oder Piper bemerkten, dass es ein Problem gab. Unglücklicherweise für diesen Teil von Phoebe meinte der andere Teil, dass der Umstand, dass sich ihre Schwestern nicht einmal die Mühe machten, sie anzusehen, diesen ohnehin katastrophalen Abend noch mehr verdarb.

Sie hätten sich wenigstens erkundigen können, wie es war.

»Na, Phoebe«, sagte Piper, die Augen weiter auf den Bildschirm gerichtet, »wie war dein – oh, wow!« Sie brach ab. »Das ist die beste Szene. Ich liebe diesen Teil total.«

»Aber es ist so traurig!«, jammerte Paige. Zu Phoebes Erstaunen füllten sich Paiges Augen mit Tränen. Dann lehnte sie ihren Kopf an Pipers Schulter.

»Nun, das muss es auch sein, Dummerchen«, tröstete Piper Paige, während sie ihren Kopf tätschelte, obwohl, wie Phoebe bemerkte, auch ihre Augen feucht wurden. »Es gibt kein Happy End ohne eine traurige Geschichte vorher«, seufzte sie.

»Ich überlasse es dir, hinter die Moral der Geschichte zu kommen«, brachte Paige hervor.

Oh, ich könnte heulen!, dachte Phoebe. Was ist heute

Abend bloß in alle gefahren? Cole benahm sich wie ein eifersüchtiger Ehemann, obwohl er und Phoebe noch nicht einmal verheiratet waren. Paige und Piper benahmen sich wie ... wer weiß was. Obwohl Phoebe normalerweise glücklich war, ihren Schwager zu sehen, war Leos Abwesenheit heute angesichts des grassierenden Wahnsinns vermutlich ein Segen.

»Ich gehe ins Bett«, erklärte Phoebe kategorisch. Was nicht heißen soll, dass das irgendwen kümmern sollte, fügte sie in Gedanken hinzu.

»Süße Träume, Schätzchen«, rief Piper.

»Bis m-m-morgen«, schniefte Paige.

Phoebe schaffte es bis zum Fuß der Treppe, bevor sie aufgab. »Was in aller Welt seht ihr euch da eigentlich an?«

Paige hob den Kopf von Pipers Schulter.

»Jäger des verlorenen Schatzes.«

Cole fuhr durch die Nacht. Aus Gründen, die er für offensichtlich hielt, nahm er den Freeway, ohne darauf zu achten, welche Richtung er einschlug. Sein Wagen war schnittig und hatte viele PS, und trotz des stets dichten Verkehrs in der Bay Area und in einer nebeligen Nacht wie dieser drehte er richtig auf. Aber je schneller er fuhr, desto offensichtlicher wurde die Wahrheit.

Er hatte es vermasselt. Und zwar gründlich.

Phoebe hatte kaum einen Zweifel daran gelassen, dass sie ihn heute Abend für einen eifersüchtigen Vollidioten gehalten hatte. Und obwohl es Cole schwer fiel, dies zuzugeben, war er tatsächlich im Unrecht gewesen. Was bedeutete, dass Phoebe völlig Recht hatte.

Aus einem Impuls heraus schlug Cole den Weg nach Sausolito ein. Aus irgendeinem Grund fühlte er sich stets besser, wenn er über die Golden Gate Bridge fuhr. Es lag an der Art, wie sich die großen Bögen der Hängebrücke in die Höhe wölbten, während unter ihm der Abgrund klaffte.

Während der Wagen über die Brücke raste, fragte sich Cole, wie weit er noch fahren musste, bevor ihm einfiel, wie er bewerkstelligen konnte, was das Schicksal aller sterblichen Männer zu sein schien.

Sich bei der Frau, die er liebte, zu entschuldigen.

Phoebe lag zusammengerollt im Bett und widerstand dem Drang, sich die Decke über den Kopf zu ziehen, was sie sich normalerweise für ihre Momente tiefster Verzweiflung aufsparte. Ja, sie war aufgebracht, aber bestimmt würde sie in dieser Nacht nicht so weit gehen.

Oder doch?

Sie setzte sich auf, schüttelte ihr Kissen aus, stopfte es in ihren Rücken und lehnte sich gegen das Kopfende des Bettes. Bevor sie endgültig dem Blues nachgab, sollte sie zumindest den Versuch machen, etwas dagegen zu unternehmen. Wenn sie versagte, konnte sie sich immer noch die Decke über den Kopf ziehen, in der Gewissheit, ihr Bestes getan zu haben, um ihrer Depression zu widerstehen.

Phoebe zog die Knie an die Brust. Beruhige dich, Halliwell. Du kannst diese Sache klären, dachte sie. Zwischen Prues Tod und ihrer Verlobung mit Cole hatte sie sich selbst ziemlich gut kennen gelernt.

In Ordnung, fangen wir mit Cole an, sagte sie sich. Obwohl sein Verhalten zweifellos für den Löwenanteil ihres Zorns verantwortlich war, fühlte sie mehr als nur Schmerz und Trauer ob seiner Reaktion, erkannte sie plötzlich. Um genau zu sein, das, was sie im Moment am meisten störte, hatte nichts mit Cole zu tun. Sondern mit Paige und Piper.

Etwas an der Art, wie sich ihre Schwestern benahmen,

kam ihr einfach nicht richtig vor. Na großartig, dachte Phoebe. Jetzt bin ich diejenige, die eifersüchtig ist.

Sie wünschte sich ehrlich, dass Paige und Piper mehr Gemeinsamkeiten fanden. Sie waren so verschieden. Sie hatten die größten Schwierigkeiten gehabt, sich an die neue Familiengemeinschaft zu gewöhnen. Aber Phoebes Wunsch, dass die beiden besser miteinander auskamen, bedeutete noch lange nicht, dass sie selbst ausgeschlossen werden wollte.

Und genau dieses Gefühl hatte das Verhalten ihrer Schwestern ihr vermittelt, wie sie jetzt einräumen musste. Als wäre sie unwichtig. Bedeutungslos. Ausgeschlossen. Nicht nur das, Pipers und Paiges Benehmen war so bizarr gewesen, dass Phoebes schwesterliche Intuition ihr sagte, dass es irgendeinen Grund dafür geben musste. Da war irgendwas, von dem ihre Schwestern nicht wollten, dass sie es erfuhr. So viel schien klar zu sein.

Die Frage war nur, was mochte das sein?

Phoebes Knie entglitten ihrem Griff, und sie streckte die Beine aus, als die Antwort sie wie ein Schlag zwischen die Augen traf. Jetzt, da sie die Frage gestellt hatte, schien die Antwort offen auf der Hand zu liegen. Es gab im Grunde nur ein Thema, vor dem ihre Schwestern zurückschreckten. Und das war ihre Beziehung mit Cole. Vor allem ihre bevorstehende Hochzeit.

Was, wenn ihre Schwestern entschieden hatten, dass Cole doch nicht der Richtige für sie war? Was, wenn sie Dinge an ihm entdeckt hatten, die Phoebe nicht bemerkt hatte? Das hieß, bis zu dieser Nacht. Als er sich plötzlich wie ein Höhlenmensch aufgeführt hatte. Was, wenn Paige und Piper Phoebe nicht in die Augen gesehen hatten, weil sie nicht wollten, dass sie die Zweifel darin bemerkte?

Phoebe sank gegen die Kopfstütze. Ihre Finger schlossen sich krampfhaft um die Decke, als sie sie bis zum Kinn zog.

Piper hatte sie in ihrer Beziehung mit Cole immer unterstützt, obwohl er eine unglaubliche Last mit sich herumtrug. Eine Last, die sie alle gefährden konnte und auch schon gefährdet hatte, was der Grund dafür war, dass Paige weit weniger begeistert auf ihn reagiert hatte. Was, wenn Paige Pipers Meinung geändert hatte? Was, wenn sie nun versuchte, auch Phoebes Meinung zu ändern? Die Hände, die die Decke umklammerten, ballten sich plötzlich zu Fäusten. Aber ich habe meine Meinung nicht geändert, oder doch?

Sei nicht albern, dachte Phoebe, während sie sich zu entspannen versuchte. Natürlich hatte sie ihre Meinung nicht geändert. Sie wollte Cole noch immer heiraten.

Diese Nacht war schwierig gewesen, das stimmte. Phoebe fühlte sich durch die Erkenntnis, dass Cole ihr intuitiv misstraut hatte, noch immer unglaublich verletzt. Aber sie musste ihm die Tatsache zugute halten, dass er noch immer lernte, ein Mensch zu sein. Einige der harten Lektionen, die Phoebe früher gelernt hatte, erlebte er jetzt. Sie hatten zusammen so viel durchgemacht, so viele Hindernisse überwunden, und Phoebe konnte nicht glauben, dass sie dieses nicht überwinden würden.

Nichts davon beantwortete die Frage, was Paige und Piper vor ihr verbargen.

Phoebe stöhnte. In Ordnung. Das reicht.

All das Grübeln brachte sie nicht weiter. Stattdessen ermutigte es nur ihre Gedanken, wie Aasgeier über ihr zu kreisen. Es gab nichts, das sie in dieser Nacht tun konnte. Sie würde einfach bis zum Morgen warten müssen.

Damit blieb ihr nur noch eins zu tun. Sie rutschte nach unten, bis ihr Kopf auf dem Kissen lag, schaltete die Nachttischlampe aus und zog die Decke schließlich doch über ihren Kopf.

5

»Du denkst doch nicht, dass sie irgendwas ahnt, oder?«, fragte Piper. Sie wandte sich vom Fuß der Treppe ab, wo sie gehorcht hatte, ob Phoebe wirklich zu Bett gegangen war. Jetzt kehrte sie ins Wohnzimmer zurück. Ihre flauschigen Hausschuhe scharrten leise auf dem Hartholzboden.

Paige verdrehte die Augen. »Warum sollte sie?«, fragte sie in einem sarkastischen Ton. »Benehmen wir uns nicht die ganze Zeit so?«

Piper ließ sich wieder auf die Couch sinken, durch die Erschütterung regnete Popcorn in Paiges Schoß. »Beim nächsten Mal hör einfach auf deine große Halbschwester«, riet Piper. »Ich wollte, dass du die Prospekte weglegst, aber nein – du musstest ja unbedingt darin blättern. Ich hatte einiges damit zu tun, Phoebe abzulenken.«

»Apropos Prospekte«, sagte Paige. Sie musterte skeptisch die Schüssel. »Ich denke, wir retten sie besser, bevor sie noch mehr von dieser klebrigen Spezialsoße aufsaugen.«

»Nur zu«, nickte Piper.

»Ich hatte befürchtet, dass du das sagen würdest«, bemerkte Paige. Mit einer Grimasse steckte sie die Hand in die Tiefen der Popcornschüssel. Einen Moment später zog sie eine Hand voll Hochglanzprospekte heraus und verschüttete dabei eine Menge Popcorn.

»Paige, du verdreckst alles«, beschwerte sich Piper. »Noch mehr als sonst. Nimm wenigstens die Schüssel von der Couch.«

Paige ignorierte sie. »Iiih«, machte sie, als sie die Prospekte auf Armeslänge hielt. Sie waren von Fettflecken übersät. »Widerlich. Die können wir nicht mehr benutzen! Ich will sie nicht mal mehr anfassen. Sie sind voller Schmiere.«

Diesmal war es Piper, die die Augen verdrehte. Sie sammelte das verstreute Popcorn ein und warf es in die Schüssel. Sie wusste nicht, was sie mehr aufregte. Dass überall im Wohnzimmer Essen herumlag oder dass sie ihr Geheimrezept verschwendet hatte, weil niemand das Popcorn aß.

»Du hast diese *Schmiere* den ganzen Abend verputzt, schon vergessen?«

»Auf dem Popcorn sieht sie gut aus«, sagte Paige, als sie aufstand und sich zur Küche wandte. »Auf den Prospekten nicht. Die sind jetzt definitiv reif für die Müllpresse.«

»Seit wann haben wir eine Müllpresse?«, fragte Piper, als sie mit dem Aufräumen fertig war und Paige mit der Popcornschüssel in die Küche folgte.

»Seit jetzt.«

Bevor Piper dämmerte, was ihre jüngere Halbschwester vorhatte, drehte Paige den Wasserhahn auf, durchweichte die Prospekte und knüllte sie zu kleinen, nassen Bällen zusammen. Dann warf sie sie in den Abfalleimer neben der Spüle. »Alles gepresst«, erklärte sie stolz.

»Kannst du das auch mit Katzenfutterdosen machen?«, fragte Piper.

»Sehr witzig«, meinte Paige. Sie trocknete ihre Hände ab und lehnte sich dann an die Anrichte.

»Ich hasse es, auf das Offensichtliche hinzuweisen«, begann Piper. Paige schnaubte. Piper ignorierte sie. »Aber wie sollen wir unsere Recherche jetzt fortsetzen, nachdem du mit all diesen Prospekten, die wir so mühsam gesammelt haben, deine Müllpressnummer durchgezogen hast?«

»Wir könnten uns vor Ort umsehen«, schlug Paige hoffnungsvoll vor.

»Nun, Paige, darüber haben wir schon gesprochen«, erwiderte Piper ernst. »Das ist total unpraktisch.«

»Okay, okay. Ich schätze, du hast Recht«, schmollte Paige. Dann grinste sie. »Obwohl ich denke, dass es Spaß machen würde.«

»Das würde es bestimmt«, nickte Piper. »Aber das ist völlig unmöglich, und das weißt du. Wir können mit Dämonen umgehen. Wir werden schon irgendeinen Weg finden.«

»Die Lösung besteht aus einem Wort«, sagte Paige selbstgefällig. »*Internet.*«

»Bist du sicher, dass die Hexen nichts ahnen?«

In dem exklusiven Gebäude mit dem atemberaubenden Meerblick saß ein Mann mit dem Rücken zum Fenster und starrte die Mitte seines Wohnzimmerteppichs an. Alle Lampen im Raum brannten.

Er wusste, dass dies seinem nächtlichen Besucher so gefiel.

Kontrast. Das war der Schlüssel. Die Demonstration der Gegensätze. Das Wesen, das ihn besuchte, war eine hoch aufragende, dunkle Säule mit den Umrissen eines Menschen. Langsam, unaufhaltsam verschluckte es das Licht in seiner Umgebung. Wäre es nach dem Willen seines Besuchers gegangen, hätte dieser jedes Licht im Universum verschluckt. Selbst das Licht der ungeborenen Sterne. Er hätte das Universum verwandelt und dieses Mal nach *seinem* Bild geformt.

Um genau zu sein, arbeitete er gerade daran.

Der Mann im Zimmer war ein Diener dieser Macht. Einer Macht, an die er für immer gebunden war, die ihm die Fähigkeit verliehen hatte, sich von einem Sterblichen in ein Instrument der Rache zu verwandeln, dem Verlangen, das niemals gestillt werden konnte. Die Macht, die ihm die

Gabe des ewigen Lebens geschenkt hatte, solange er sich an die Bedingungen ihres Paktes hielt.

Die Macht der Finsternis.

Nick Gerrard nippte an dem Glas Cabernet, das auf dem Ebenholztisch neben seinem Ellbogen stand, bevor er antwortete. Der Rotwein war der einzige Farbtupfer in dem Apartment. Alles andere war schwarz oder weiß. Hell oder das Gegenteil.

»Ich hoffe, du deutest damit nicht an, dass ich langsam alt werde«, bemerkte er.

Die Macht der Finsternis lachte. Selbst nach all diesen Jahren war es ein verstörender, unangenehmer Laut, dachte Nick. Es erinnerte ihn an Fingernägel, die in einer pechschwarzen Nacht an einer Fensterscheibe kratzten.

»Nein, nein«, sagte sein Meister. »Natürlich nicht. Aber die Hexe könnte ... empfindsamer sein, wenn man bedenkt, wer und was sie ist.«

»Möglicherweise«, räumte Nick ein und stellte das Glas mit einem lauten Klicken auf den Tisch zurück. »Aber sie ist es nicht. Sie hat keinen Verdacht geschöpft. Ebenso wenig Balthasar, was das betrifft.«

»Na, na«, schalt der Besucher ihn. Die Berichtigung war milde, wenn auch altmodisch, aber Nick konnte den hasserfüllten Unterton in der dunklen Stimme hören. »Er ist nicht mehr Balthasar. Nicht nach dem, was die Hexe und ihre Schwestern mit ihm gemacht haben. Nach dem, was er mit sich hat machen lassen.«

Nick neigte zustimmend den Kopf. Es war schließlich nichts Geringeres als die Wahrheit.

»Der *Mann*, Cole Turner, hat keinen Verdacht geschöpft. Er war zu beschäftigt mit seiner Eifersucht, um auf mich zu achten.«

»Wie ich es mir gedacht habe. Wie ich es geplant habe ...« Eine Pause trat ein, in der die Lichter in dem

Apartment merklich trüber wurden. Ich dachte mir schon, dass diese Nachricht dir gefällt, durchfuhr es Nick.

»Nun gut«, keuchte die Macht der Finsternis schließlich. »Du hattest Recht. Seine Gefühle für die Hexe werden ihn am Ende verraten, genau wie er uns verraten hat.«

»Das ist der Plan«, bestätigte Nick Gerrard. Er trank einen weiteren Schluck Wein.

»Ich *weiß*, dass das der Plan ist«, fauchte die Macht der Finsternis. »Ich habe ihn gebilligt, wie du dich erinnerst. Aber ich weiß auch, wie leicht Pläne scheitern können. Alle anderen haben bis jetzt versagt.«

Nick stellte vorsichtig das Weinglas ab. Es war ratsam, dass er seine nächsten Worte mit derselben Vorsicht wählte, dachte er. Er wusste, dass sein Meister ihn schätzte. Im Moment. Aber wenn er scheiterte, würde er in seiner Wertschätzung abrupt sinken. Wie andere vor ihm erfahren hatten, die bei dem Versuch versagt hatten, den Mann zu bezwingen, der einst Balthasar gewesen war. Um den Preis ihres Lebens. »Darf ich offen sprechen?«, fragte er, sich für den direkten Weg entscheidend.

»Bitte«, erwiderte die Macht der Finsternis freundlich. »Es ist schwer, jemand zu finden, der bereit ist, mir die Wahrheit zu sagen. Ich kann mir nicht vorstellen warum.«

»Den Plänen, die du zuvor entwickelt hast, mangelte es an Subtilität. Ihnen fehlte Finesse«, erklärte Nick Gerrard. »Balthasar ... *Cole* ist stark. Er ist auf direkte Angriffe vorbereitet. So viel ist offensichtlich. Deshalb sieht mein Plan einen *indirekten* Angriff vor.«

»Die Hexe«, sagte die Macht der Finsternis.

Nick nickte. »Natürlich die Hexe«, bestätigte er. »Aber das ist nicht alles. Das Schöne an meinem Plan ist, dass er Coles eigene Gefühle, seine eigenen Entscheidungen gegen ihn wendet. Er wollte ein Mensch sein. Damit hat er gewisse menschliche Schwächen erworben, die ihn am Ende besiegen werden.«

»Das sagst du.«

»Ich *sage* es nicht nur«, entgegnete Nick, während er sich in seinem Sessel nach vorn beugte. Seine Stimme klang jetzt rau. »Ich *weiß* es. Ich bin ein Experte, wenn es um die Gefühle sterblicher Männer geht, die sich verraten wähnen. Sicherlich hast du das nicht vergessen. Schließlich bin ich so zu deinem Diener geworden.«

»Ich habe es nicht vergessen«, antwortete die Macht der Finsternis.

Nick lehnte sich zurück und kämpfte um seine Selbstbeherrschung. Ich auch nicht, dachte er. Ich auch nicht. Er würde nie die Ereignisse vergessen, die ihn zu dem gemacht hatten, was er heute war. Nicht einmal dann, wenn er ewig lebte. Aber es geschah selten, dass die Erinnerung durch die Sperre seiner Selbstbeherrschung drang.

»Dann glaube mir, wenn ich dir Folgendes sagen: Wenn Cole Turner auch nur halb der Mann ist, für den ich ihn halte, wird er Rache nehmen wollen, genau wie ich. Das bedeutet, dass ich weiß, wie weit er zu gehen bereit sein wird.«

Die Lichter in dem Apartment wurden noch trüber.

»Wir werden sehen«, sagte die Macht der Finsternis nach einem Moment. »Aber wie stets hast du meinen Dank verdient. Bring mir den Verräter, und ich werde vielleicht noch dankbarer sein und dir die Ehre zuteil werden lassen, ihn zu vernichten.«

»Er wird sich selbst vernichten. Das ist das Ziel meines Planes«, versprach Nick, als ein Bild von Cole Turner, dem Mann, der einst so viel mehr gewesen war, vor seinem geistigen Auge aufblitzte.

Was für eine Art Individuum gab die Art Macht auf, über die ein Dämon verfügte? Wer, der noch bei Verstand war, würde die Entscheidung treffen, die Cole getroffen hatte – den Tausch machen, auf den er sich eingelassen hatte?

Die Macht der Furcht gegen die Macht der Liebe.

Nur ein Narr, dachte Nick. Ein Narr, dem eine Lektion erteilt werden musste. Und er war zufällig derjenige, der sie ihm erteilen würde. Er grinste. »Aber ich würde einen Platz in der ersten Reihe zu schätzen wissen«, sagte er.

»Verlass dich darauf«, erklärte die Macht der Finsternis …

… und stürzte das Apartment in völlige Dunkelheit.

Stunden später, kurz vor Morgengrauen, erwachte Nick Gerrard. Sein Herz hämmerte in einem scharfen, unregelmäßigen Rhythmus, der nur eins bedeuten konnte – Furcht.

Es ist immer dasselbe, dachte er.

Er konnte jede menschliche Gestalt annehmen, jedes Gesicht zeigen, das er wollte. Aber es gab etwas, das er nicht ändern, nicht kontrollieren konnte. Seit er in den Dienst der Macht der Finsternis getreten war, hatte er nachts nicht mehr durchschlafen können.

Nicht ein einziges Mal.

In den Momenten, bevor die Dunkelheit dem Licht wich, den atemlosen Momenten, wenn die Erde selbst den Atem anzuhalten und sich zu fragen schien, ob sie den Übergang von der Nacht zum Tag noch hinausschieben konnte, erwachte Nick jedes Mal. Und wenn er erwachte, machte er immer dasselbe, so schmerzhaft es auch war.

Nick schwang seine Beine über die Bettkante und stand auf. Auf nackten Füßen tappte er ins Bad und schaltete das Licht ein. Er hatte die Zeiten des Kerzenlichts bevorzugt. Kerzenlicht war sanfter, weniger enthüllend. Nicht, dass es geholfen hatte. Doch nun traf ihn das grelle weiße Licht der starken Glühbirnen. Nick betrachtete sich im Spiegel und wagte einen Blick in seine Augen.

Wagte es sogar, weiter hinzusehen, während sich das Gesicht im Spiegel veränderte.

Langsam, unaufhaltsam verschwammen seine Züge, bis auf die Augen löste sich alles auf, und nichts von dem Mann namens Nick Gerrard blieb zurück. *Tabula rasa.* Ein unbeschriebenes Blatt. Ein Augenpaar nur, das ihn aus leerem Fleisch anstarrte.

So weit, so gut, dachte er. Jetzt wird es ernst.

Zuerst hatte ihn diese Transformation verstört. Die Tatsache, dass er gezwungen war, dieses kleine Ritual Nacht für Nacht durchzuführen, hatte ihm die Macht der Finsternis absichtlich verschwiegen. Aber so verstörend die erste Transformation auch sein mochte, Nick wusste, dass ihm das Schlimmste noch bevorstand.

Er hielt den Blick weiter auf den Spiegel gerichtet, als sich sein Gesicht erneut veränderte.

Jetzt bekam die Haut Wellen und Runzeln. Nicks Gesicht, das soeben noch glatt und leer gewesen war, wurde von dicken roten Striemen überzogen. Der Mund verzerrte sich zu einem unmöglichen Grinsen. Die Augenlider wurden schwarz und hingen nach unten. Und die Transformation ging weiter, bis das Gesicht des Mannes im Spiegel verriet, dass er kein Mensch mehr war, sondern etwas einfach Unmögliches. Etwas unaussprechlich Schreckliches. Eine Missgeburt, für die nicht einmal die Natur einen Namen hatte.

Ich *kann* das aushalten. Und ich werde es aushalten, dachte Nick und zwang sich, weiter hinzusehen.

Aber in der allerletzten Sekunde verlor er den Mut. Seine Augen wanderten zur Seite, und er sah nach unten, starrte das Waschbecken an, das eine seiner Fäuste so fest umklammerte, dass die Knöchel weiß hervortraten.

Er hatte versagt. Wieder einmal. So wie er jeden Morgen versagte, seit er seinen Pakt mit dem Teufel geschlossen hatte. Die Macht, die ihm dieser Pakt eingebracht hatte, war fast grenzenlos. Aber es gab etwas, das er nicht fertig brachte.

Er war nicht in der Lage, in dieses Gesicht zu blicken. Sein wahres Gesicht, das ihn dazu getrieben hatte, sich auf diesen Pakt einzulassen.

Nicht ein einziges Mal in über zweihundert Jahren hatte Nick Gerrard den Anblick seines wahren Ichs ertragen können.

Er wandte sich ab und verließ den Raum. Die Lichter hinter ihm, die den Ort seines Versagens erhellten, waren grell und durchdringend wie ein Schrei.

6

Als Phoebe am nächsten Morgen erwachte, fiel klares, weißes Licht in ihre verschlafenen Augen. Rasch kniff sie die Lider zusammen und vergrub sich wieder unter der Decke. Sie hätte schwören können, dass sie vor ihrem Fenster Vögel zwitschern und trillern hörte.

Was in aller Welt ging hier vor?

Sie rollte auf die Seite, drehte dem Fenster den Rücken zu, öffnete vorsichtig ein Auge und sah direkt vor sich eine langstielige rote Rose. Sie leuchtete praktisch im Morgenlicht.

Das Licht, das war es, dachte Phoebe.

Da San Francisco direkt am Wasser lag, waren die Morgenstunden in der Bay Area fast immer in Frühdunst gehüllt. Aber an diesem Morgen schien die Sonne. Ihr Licht sickerte so dick wie Honig durch Phoebes Schlafzimmerfenster.

Kein Wunder, dass die Vögel singen, dachte sie.

Ein Morgen wie dieser erweckte in ihr den Wunsch, ebenfalls zu singen, und das, obwohl sie eigentlich eher ein Morgenmuffel war.

Sie schob sich etwas näher an die Rose heran und fing genüsslich ihren Duft auf. Darunter lag ein Briefumschlag mit Coles schwungvoller Handschrift. Phoebe verdrehte den Kopf, bis sie die Worte lesen konnte.

PHOEBE, MÄDCHEN MEINER TRÄUME, stand auf dem Umschlag.

Phoebe spürte, wie eine Welle der Liebe sie durchlief. In dem Umschlag steckte Coles Entschuldigung, davon war sie überzeugt. Natürlich hätte sie es vorgezogen, wenn er sich persönlich bei ihr entschuldigt hätte. Aber er hatte wahrscheinlich in aller Frühe im Büro sein müssen, um das Problem zu lösen, das ihn gestern Abend gezwungen hatte, ihr Rendezvous abzusagen.

Statt seine Entscheidung zu kritisieren, hatte er Pluspunkte verdient, weil er sie hatte ausschlafen lassen, fand Phoebe. Cole wusste, dass sie morgens nicht gut ansprechbar war.

Außerdem war eine schriftliche Entschuldigung besser als nichts.

Phoebe setzte sich auf und zog die Decke um ihre Hüften. Ein köstlicher Duft stieg die Treppe herauf. Phoebe vermutete, dass es Pipers Möhrenmuffins waren, die sie zufällig auch am liebsten aß, auch wenn sie die Erste war, die zugab, dass es schwer sein würde, ein Frühstücksgebäck zu finden, das sie *nicht* mochte.

Ich werde zuerst Coles Entschuldigung lesen, entschied sie. Dann würde sie nach unten gehen und mit ihren Schwestern reden.

Die Sonne schien. Es war ein funkelnagelneuer Tag.

Ein Tag, an dem Phoebe Halliwell alles in ihrer Macht Stehende tun würde, damit er auch weiterhin gut verlief.

Zwanzig Minuten später hatte sie geduscht und stieg die Treppe hinunter, während sie noch immer über Coles »Entschuldigung« lachte.

»Es tut mir Leid, dass ich gestern die Beherrschung verloren habe«, hatte Cole geschrieben. »Ich werde versuchen, es beim nächsten Mal besser zu machen. Bis heute Abend. Ich wünsche dir einen schönen Tag.«

Wie bei Entschuldigungen üblich, fehlte ihr eine gewisse Finesse, wie Phoebe zugeben musste, als sie den guten Düften aus der Küche folgte. In einer Hand hielt sie die rote

Rose. Vor allem dem Teil, in dem es *beim nächsten Mal* hieß. Trotzdem wusste sie, was Cole meinte, und er hatte sich Mühe gegeben.

Sie würde die perfekte Vase finden, die Rose darin wieder nach oben tragen und neben ihr Bett stellen. Oder sie einfach mitten auf dem Tisch postieren, wo ihre Schwestern sie bemerken mussten. Das sollte genügen, ihre Bedenken wegen Phoebes und Coles bevorstehender Hochzeit zu zerstreuen.

Okay, Coles Entschuldigung ist vielleicht nicht perfekt, dachte Phoebe, während sie in der Anrichte im Esszimmer nach Omas Kristallvase suchte. Aber im Licht eines so herrlichen Morgens fiel es ihr leichter als gestern Abend in der Kälte und dem Nebel nachsichtig mit ihm zu sein.

Cole hatte es immerhin versucht. Und darauf kam es schließlich an. Er hatte einen Fehler gemacht und ihn zugegeben. Seine frühere Existenz hatte ihn kaum auf die hohe Kunst vorbereitet, um Verzeihung zu bitten. Als Dämon musste man nie sagen, dass einem etwas Leid tat.

Außerdem, dachte Phoebe, als sie die Vase unter den Arm klemmte und mit ihrer Hüfte die Küchentür aufstieß, war das Entschuldigen wie jede andere Fähigkeit. Sie konnte durch Übung verbessert werden. Und Phoebe hatte so ein Gefühl, als würde Cole noch eine Menge üben können, wenn er das ganze Leben mit ihr verheiratet blieb. »Morgen«, rief sie fröhlich, als sie den Raum betrat.

Paige und Piper saßen zusammen vor dem Computer in der Ecke, wo Piper den Papierkram für das *P3* erledigte, und zuckten heftig zusammen.

»Phoebe!«, rief Piper, fuhr herum und baute sich vor Paige auf, um mit ihrem Körper den Blick auf den Computermonitor zu versperren. Phoebe konnte hören, wie Paige hinter Piper fieberhaft tippte. »Hey, du bist schon auf!«

Oh, nein, dachte Phoebe. Jetzt geht das schon wieder los.

Sie holte tief Luft. Kein Problem, sagte sie sich. Ich komme schon damit klar. Heute war sie entschlossen, sich von dem seltsamen Benehmen ihrer Schwestern nicht irritieren zu lassen. »Natürlich bin ich auf«, sagte sie und stellte ihre Rose ins Wasser. In der Mitte des Tisches stand bereits ein Korb mit Pipers Möhrenmuffins, also ließ Phoebe die Vase lieber auf der Küchenfensterbank stehen. »Es ist Morgen. Die Sonne scheint, falls du es noch nicht bemerkt hast.«

»Die Sonne, ja, großartig«, sagte Piper. Sie rang nicht wirklich ihre Hände, aber Phoebe war ziemlich sicher, dass sie genau das gerne getan hätte. Sie trat an den Wandschrank, nahm ihre Lieblingstasse heraus und drehte sich dann nach der Kaffeekanne um, wobei ihr auffiel, wie Piper mit jedem Schritt, den sie machte, ihre Position veränderte und Paige weiter vor ihren Blicken abschirmte. Ein ziemlich offensichtliches Manöver, das Phoebe höchstens dann nicht mitbekommen hätte, wenn sie blind gewesen wäre.

Schließlich lehnte sich Phoebe mit dem Kaffee in der Hand gegen die Anrichte und trank einen Schluck zur Stärkung. Ein Täuschungsmanöver. In diesem Fall dringend notwendig. Vielleicht fand sie heraus, was hier vorging, wenn sie ein wenig auf den Busch klopfte.

Sie stellte die Tasse mit einem Klicken auf die Anrichte und machte plötzlich einen großen Schritt.

»Was willst du?«, quiekte Piper.

»Muffins«, antwortete Phoebe. Sie schlug die Serviette zurück, die den Korb abdeckte, und hielt triumphierend einen hoch.

»Was?«, fragte Piper verständnislos, als hätte Phoebe plötzlich in einer fremden Sprache zu sprechen angefangen.

»Muffins«, sagte Phoebe noch einmal. Mit einer schwungvollen Bewegung legte sie den Muffin auf einen der Teller, die Piper neben den Korb gestellt hatte. »Du weißt schon – diese Dinger, die du manchmal morgens machst und die wirklich toll zum Kaffee schmecken? Ich würde gerne einen essen. Sofern du nicht vorhast, alle für Leo aufzusparen oder so.«

»Leo, natürlich nicht«, sagte Piper. Wie auf ein Stichwort materialisierte neben ihr ein weißes, glitzerndes Licht.

»Leo, natürlich nicht was?«, fragte ihr Mann, als er vollständig sichtbar geworden war.

Noch bevor das Glitzern ganz erloschen war, warf sich Piper in seine Arme. »Mann, ich bin froh, dich zu sehen!«, rief sie.

»Ich auch«, sagte Leo, obwohl seine Miene sowohl Verwirrung als auch Freude ausdrückte, wie Phoebe sofort bemerkte. Eine Sache, die ihr definitiv Mut machte. Offenbar war sie nicht die Einzige, die fand, dass sich Piper seltsam benahm. Von Leos Verwirrung ermuntert, entschied Phoebe, sich zu bedienen. Während Piper noch damit beschäftigt war, ihren Mann zu begrüßen, legte Phoebe einen zweiten Muffin auf ihren Teller.

Was auch immer zwischen Piper und Paige vorging, Piper hatte ihren Mann noch nicht eingeweiht. Das bedeutete vielleicht, dass es nichts zu bedeuten hatte. Oder so ähnlich. Piper besprach die wirklich ernsten Dinge immer mit Leo. So funktionierte ihre Beziehung eben – das war etwas, was Phoebe mit am meisten an ihr bewunderte.

»Wow, was haben wir hier, ein Wiedersehen nach langer Zeit oder so?«, meldete sich Paige zu Wort. Sie wandte sich von dem Computer ab und schloss das Fenster, in dem sie gearbeitet hatte – worin auch immer diese Arbeit bestanden haben mochte.

Jetzt habe ich keine Chance mehr herauszufinden, was sie mich nicht sehen lassen wollten, dachte Phoebe.

»Oh, Mann, ist es schon so spät?«, fuhr Paige fort, als ihr

Blick zur Küchenuhr wanderte. »Ich werde mich verspäten, muss mich beeilen. Bis heute Abend, Phoebe. Du denkst doch daran, meine Sachen von der Reinigung abzuholen, ja?«

Ohne eine Antwort abzuwarten, stürmte Paige an Phoebe vorbei, angelte einen der beiden Muffins von Phoebes Teller und rannte nach draußen.

Phoebe ersetzte den Muffin, den Paige gestohlen hatte. »Ich gehe wieder nach oben«, erklärte sie. »Ja, das ist meine Rose auf der Fensterbank. Ja, sie *ist* absolut perfekt. Für den Fall, dass es jemand interessiert, sie ist ein Geschenk von Cole, dem Mann, den ich liebe und heiraten werde. Vielen Dank. Das ist alles.« Sie machte auf dem Absatz kehrt und marschierte mit dem Teller in der Hand zur Tür.

Leos fragende Stimme erreichte sie, als sie gerade die erste Stufe der Treppe nahm. »Wie kommt es, dass ich der Einzige hier bin, der nie zu wissen scheint, was gerade anliegt?«

Ein paar Stunden später lenkte Phoebe den Geländewagen durch den stets dichten Verkehr auf den Straßen von San Francisco, entschlossen, alle Aufgaben auf ihrer Liste abzuhaken, bevor sie das Fahrzeug an Piper zurückgeben musste. Paige mochte die beste Sozialarbeiterin der Welt und Piper eine Göttin im Haushalt sein, aber keine von ihnen konnte Phoebe das Wasser reichen, wenn es um die Erledigung von Einkäufen ging.

Als wäre Phoebe fest entschlossen, dies einmal mehr zu beweisen, manövrierte sie den Geländewagen um einen Abschleppwagen herum und steuerte einen Parkplatz an, der etwa einen halben Block entfernt war. Geschafft!, dachte sie. Heute war definitiv ihr Glückstag. Es kam nicht oft vor, dass man in den Straßen von San Francisco einen Parkplatz fand.

Was wahrscheinlich den Abschleppwagen erklärte, erkannte Phoebe unvermittelt.

Sie stieg aus dem Geländewagen, schaltete die Alarmanlage ein und ging den Weg zurück zu dem Geschäft, das ihr Ziel war und das, wie Phoebe es insgeheim nannte, auf Hightech-Männerspielzeug spezialisiert war. Es stand nicht direkt auf der Liste ihrer Haushaltseinkäufe, aber sie hatte sich vorgenommen, dass sie, wenn sie in einem Umkreis von zwei Blocks einen Parkplatz fand, darin ein Zeichen sehen würde, diesem Laden einen Besuch abzustatten und nach einem Geschenk für Cole zu suchen. Eine positive Reaktion auf eine Entschuldigung konnte niemals schaden.

Autsch!, dachte Phoebe, als sie den Abschleppwagen erreichte.

Der Fahrer befestigte gerade mit dem Kreischen von Metall auf Metall einen großen, gefährlich aussehenden Haken am Unterboden eines kleinen, schnittigen roten Sportwagens. Offenbar fehlte dem Kerl, dem der Sportwagen gehörte, ihr hervorragendes Park-Karma, dachte Phoebe. Sicher, das Auto stand im Parkverbot, allerdings in einer Zone, die nicht besonders deutlich markiert war. Das Schild mit der Aufschrift PARKEN VERBOTEN war hinter dem mächtigen Ast eines Baumes verborgen.

Nicht, dass sich der Mann aus dem Abschleppwagen von einer solchen Kleinigkeit aufhalten ließ.

Der Fahrer des Sportwagens befand sich wahrscheinlich in demselben Geschäft, das auch ihr Ziel war, dämmerte es Phoebe plötzlich. Mit etwas Glück würde er bemerken, was vor sich ging, bevor es zu spät war. Oder vielleicht sollte sie hineingehen und ganz im Allgemeinen Alarm schlagen. Phoebe war sich nicht sicher und blieb zögernd auf dem Gehsteig stehen.

Sie sah zu, wie der Fahrer des Abschleppwagens seinen

Hosenbund zurechtrückte und zur Kabine des Trucks stapfte. Er öffnete die Fahrertür, beugte sich hinein und legte einen Hebel um. Der Motor, der die Winde betrieb, brüllte auf, die Frontseite des Sportwagens hob vom Boden ab, und das Auto wurde unaufhaltsam zum Heck des Abschleppwagens gezogen.

»Hey!«, rief plötzlich eine Stimme. »Hey, Moment mal! Halt! Das ist mein Auto!«

Eine Gestalt kam aus dem Geschäft hinter Phoebe gestürzt und rannte sie in ihrer Hast, rechtzeitig den Rinnstein zu erreichen, fast um. Hände packten sie automatisch, um sie zu stützen, und ließen sie sofort wieder los. Der aufgebrachte Fahrer wandte keine Sekunde lang die Augen von seinem sportlichen roten Coupé. »Was machen Sie denn da?«, rief er.

»Wonach sieht's denn aus, Kumpel?«, bellte der Mann vom Abschleppdienst zurück. Er hatte ganz eindeutig ein spöttisches Grinsen auf dem Gesicht. Diese Begegnung versöhnt ihn wahrscheinlich mit seiner ganzen Woche, dachte Phoebe. Er konnte den Sportwagen abschleppen und gleichzeitig den Fahrer ärgern.

»Aber das ist mein Auto«, protestierte der Mann.

Der andere Mann wartete, bis der Sportwagen sein Ziel erreicht hatte und mit der Vorderseite am Haken hing. Dann schaltete er die Winde aus.

»Dann dürfte es kein Problem für Sie sein, es sich wiederzuholen, oder?«, fragte er. Er griff in die Tasche seines Overalls und zog eine ölverschmierte weiße Karte heraus. »Hier ist die Adresse des Depots. An Ihrer Stelle würde ich mich beeilen. Da unten gibt es eine Menge Kerle, die dieses Baby liebend gern vom Fleck weg stehlen würden.«

»Aber Sie können es nicht einfach *mitnehmen*«, protestierte der Fahrer. »Ich habe nichts Falsches getan!«

»Denken Sie noch mal nach«, sagte der Fahrer des

Abschleppwagens und deutete mit dem Daumen nach oben. Als hätte er ihr damit ein Zeichen gegeben, zog Phoebe den entsprechenden Ast zur Seite und enthüllte das Parkverbotsschild, das wie ein Wächter hinter ihr stand.

»Oh«, machte der Fahrer des Sportwagens mit entsetzter Miene. »Oh, nein.«

»Ich schätze, das ist heute nicht Ihr Tag, Kumpel«, meinte der Mann vom Abschleppdienst fröhlich, kletterte in seine Fahrerkabine und warf die Tür hinter sich zu. Einen Moment später ließ er den Motor an und fädelte sich in den Verkehr ein. Der rote Sportwagen schien wie eine Fahne hinter dem Abschleppwagen herzuflattern.

Der Fahrer des Sportwagens hielt sich die Augen zu. »Ich glaube nicht, dass ich diesen Anblick ertragen kann«, seufzte er.

»Das kann ich Ihnen nicht verdenken«, bemerkte Phoebe. Sie ließ den Ast los, der zurückschnellte und das Parkverbotsschild wieder verdeckte. Dann trug sie einen kurzen inneren Kampf gegen ihren Egoismus aus und gab schließlich auf. Der Sportwagenfahrer war so abgelenkt, dass sie ihren Weg wahrscheinlich unbehelligt fortsetzen und das Geschäft betreten konnte. Aber wenn sie das tat, würde sie sich nicht für sein verständnisvolles Verhalten bedanken können. »Soll ich Sie zum Depot fahren?«, bot sie ihm an.

»Oh, das kann ich unmöglich von Ihnen verlangen!«, antwortete der Mann und nahm die Hände von den Augen. »Ich meine, wir kennen uns doch gar nicht, und ich ...« Er verstummte plötzlich. »Phoebe?«, fragte er. »Phoebe Halliwell?«

»Hey, Nick«, sagte Phoebe und sie sah in die hellgrünen Augen von Nick Gerrard.

»Sind Sie sicher, dass Sie das wirklich wollen?«, fragte Nick einige Augenblicke später. Sie waren kurz in das Geschäft zurückgekehrt, um seine Einkäufe zu holen. Als Nick erfahren hatte, warum Phoebe in der Gegend war, hatte er darauf bestanden, dass sie zuerst ihre Einkäufe erledigte und ein Geschenk für Cole aussuchte. Phoebe hatte ihre Wahl so schnell wie möglich getroffen. Jetzt standen sie auf dem Bürgersteig neben dem Halliwell-Geländewagen. »Sie müssen das nicht tun, wissen Sie?«, fügte Nick hinzu.

»Das weiß ich, Nick«, erwiderte Phoebe, nicht ganz sicher, ob sie lachen oder schreien wollte. »Das haben Sie mir schon etwa eine halbe Million Mal gesagt.«

»Ich wiederhole mich, nicht wahr?«, seufzte Nick Gerrard. »Ich möchte nur nicht, dass Sie sich irgendwelche Umstände machen, Phoebe. Ich meine, ich möchte nicht, dass Sie sich mir verpflichtet fühlen oder so.«

»Und ich weiß das zu schätzen«, gab Phoebe zurück. »Im Ernst.« Sie drückte den Knopf an ihrem Schlüsselring, um die Beifahrertür zu entriegeln. Als Nick auf dem Bürgersteig zögerte, griff Phoebe an ihm vorbei und öffnete die Tür. »Wenn Sie mich dazu bringen, es noch einmal zu sagen, werde ich meine Meinung doch noch ändern«, warnte sie.

»Oh, tun Sie das nicht«, rief Nick.

Phoebe musste unwillkürlich lächeln. Die Psychologie der vertauschten Rollen. Das funktionierte bei männlichen Exemplaren der Spezies immer. »Hören Sie, Nick«, sagte sie. »Zum allerletzten Mal. Ich fühle mich *nicht* verpflichtet. Ich *will* Sie wirklich durch die Stadt zu dem Depot fahren. Würden Sie jetzt bitte in den Wagen steigen?«

Nick stieg ein. »Sie tun es ja doch«, sagte er, als Phoebe hinters Lenkrad schlüpfte.

»Tu ich nicht«, erwiderte Phoebe automatisch, während sie ihren Sicherheitsgurt anlegte. Ein Moment der Stille folgte. Dann lachte sie. »Ich tue was?«

»Sich verpflichtet fühlen«, erklärte Nick und legte ebenfalls den Sicherheitsgurt an.

Phoebe seufzte. Offenbar würde er nicht Ruhe geben, bis die Verhältnisse ein für alle Mal geklärt waren. »Natürlich tue ich das«, gab sie schließlich zu. »Der Abend gestern ... hat ein etwas ... unerfreuliches Ende genommen. Immerhin hätte es noch viel schlimmer kommen können. Ich muss Ihnen für Ihre Zurückhaltung danken. Was mich angeht, so bedeutet das, dass ich Ihnen etwas schulde.«

»Aber ...«, wandte Nick ein. Phoebe hob eine Hand, und er verstummte.

»Ich weiß, dass keiner von uns erwartet hat, dass wir uns wiedersehen«, fuhr Phoebe fort. »Aber da es nun einmal passiert ist, würde ich mich gern revanchieren. Ich weiß es wirklich zu schätzen, wie Sie sich gestern Abend verhalten haben.«

»Aber das Depot ist so weit«, protestierte Nick.

»Das wäre mir selbst dann egal, wenn es auf dem Mond läge«, antwortete Phoebe prompt. »Ich möchte Ihnen gerne danken. Das bedeutet, dass ich Sie überall hinbringe, wo Sie hinmüssen.«

Nick lächelte. »Sagen Sie das noch mal«, drängte er.

Phoebe runzelte die Stirn. Der Schock, dass sein Wagen abgeschleppt worden war, musste tiefer sitzen, als sie gedacht hatte. Nicks Worte ergaben nicht allzu viel Sinn. »Was sagen?«

»Dass Sie mich überallhin bringen«, erklärte Nick.

»Oh, das«, antwortete Phoebe, als sie beschloss, das Spielchen mitzuspielen. »Ich glaube, ich sagte ›Ich bringe Sie überallhin, wo Sie hin müssen.‹«

»Ich kann dir gar nicht sagen, was es für mich bedeutet, das ausgerechnet von dir zu hören, *Hexe*«, knurrte Nick im nächsten Moment.

Es gab einen blendenden Lichtblitz, dann wurde es um Phoebe dunkel.

7

»WIE MEINST DU DAS, Phoebe ist noch nicht zu Hause?«, fragte Cole. Er eilte mit dem Handy am Ohr durch den Korridor zum Aufzug, der ihn hinunter in die Tiefgarage bringen würde. Er wäre am liebsten gerannt, konnte es aber nicht. Der Flur war voller Büroangestellter, die nach Hause strömten. Auch Cole war schon auf dem Nachhauseweg gewesen, als Pipers Anruf ihn erreicht hatte.

Nach Hause. Der Ort, an dem Phoebe sich jetzt befinden sollte, wo sie aber nicht war.

»Welcher Tag ist heute?« Cole versuchte sich verzweifelt an den Terminplan zu erinnern, den Phoebe und ihre Schwestern aufgestellt hatten, und gleichzeitig zu ignorieren, dass sein Herz mit harten, schnellen Schlägen pochte. Wenn Phoebe irgendetwas zugestoßen war, würde er ...

»Donnerstag. Heute ist Donnerstag? Das ist doch der Einkaufstag, richtig?«

»Richtig«, bestätigte Pipers Stimme. »Wie üblich hat sie heute Morgen den Geländewagen genommen. Sie ist normalerweise am frühen Nachmittag zurück, weil sie weiß, dass ich ihn brauche, um zum *P3* zu fahren, aber sie ist nicht aufgetaucht. Ich meine, es kommt vor, dass man sich verspätet. Ich habe mir ein Taxi zum *P3* genommen, und als ich dort ankam, musste ich ein paar Probleme lösen. Ich habe erst wieder daran gedacht, als ich nach Hause kam und Phoebe noch immer nicht da war ...«

»Hast du versucht, sie auf ihrem Handy zu erreichen?«, fiel Cole ihr ins Wort. Er wusste, dass er unhöflich war, aber das ließ sich nicht ändern. Piper plapperte fast nie, doch diesmal tat sie es. Ihr Verhalten und ihre Worte verrieten ihm, wie besorgt sie um Phoebe war.

Ungeduldig drückte Cole den Aufzugknopf. Komm schon, dachte er. Komm schon. Warum schien sich alles in Zeitlupe zu bewegen, wenn es auf Schnelligkeit ankam?

»Das habe ich gerade getan«, antwortete Piper.

»Und?«

»Nichts.«

»Was meinst du mit nichts?«, wollte Cole wissen, als der Aufzug *Ping* machte und die Türen aufgingen. Er strömte mit der Menge hinein, ohne darauf zu achten, dass er an die Rückwand der Kabine gedrückt wurde. Was Piper sagte, ergab einfach keinen Sinn. Man rief kein Handy an und bekam überhaupt keine Antwort. Man erhielt die Aufforderung, eine Nachricht auf der Mailbox zu hinterlassen. Oder die Mitteilung, dass der Teilnehmer nicht erreichbar war. Oder sonst was.

»Ich meine *nichts*«, bekräftigte Piper. Ihre Stimme klang eine Spur schriller. »Da habe ich angefangen, mir Sorgen zu machen, dass irgendwas nicht stimmen könnte. Ich habe Paige angerufen, aber sie hat auch nichts von Phoebe gehört. Danach habe ich dich angerufen, und ... einen Moment. Ich glaube, da kommt jemand.«

Der Aufzug glitt nach unten. Cole starrte die Stockwerkanzeige an. Die Nummern wechselten quälend langsam.

»Es ist nicht sie.« Piper klang atemlos. »Es ist bloß Paige. Es tut mir Leid. Ich denke, du solltest nach Hause kommen, Cole. Ich meine, ich bin mir nicht sicher, ob irgendwas passiert ist, aber ...« Piper brach ab. »Irgendwas fühlt sich einfach nicht richtig an, und ich ...«

»Ich bin unterwegs«, versicherte Cole. »Halte durch. Wo steckt eigentlich Leo?«

Ohne Vorwarnung hörte Cole im Hintergrund seltsame

Geräusche aus dem Handy. Piper rief etwas und verstummte dann.

»Piper!«, schrie Cole, ohne sich um die Menge in dem überfüllten Aufzug zu kümmern. »Piper, was ist los? Was geht da vor?«

Einen Moment herrschte Schweigen, dann drang Pipers Stimme in sein Ohr. Sie sprach drei Worte, bevor die Verbindung unterbrochen wurde: »*Beeil dich, Cole*!«

Cole hatte keine Ahnung, wie oft er gegen die Geschwindigkeitsbegrenzung verstieß, während er nach Halliwell Manor raste. Hätte er sich die Mühe gemacht, darüber nachzudenken, wäre er zu dem Ergebnis gekommen, dass dies reichlich oft der Fall war. Aber er verschwendete keinen Gedanken an seinen Fahrstil. Ihm ging nur eine Sache durch den Kopf, während er seinen Wagen durch die Stadt zu dem Ort steuerte, den er jetzt sein Zuhause nannte.

Irgendein Unglück war geschehen.

Eines, das mit Phoebe zu tun hatte. Allein der Gedanke ließ Coles allzu menschliches Herz stocken und fast das tun, was sein Wagen auf dem Weg durch die Stadt nur einmal getan hatte – abrupt stehen bleiben.

Würde es sich für ihn überhaupt noch lohnen, sein sterbliches Leben fortzusetzen, wenn Phoebe etwas zugestoßen war?

Ich werde nicht darüber nachdenken, schwor sich Cole, als er um die letzte Ecke bog. Stattdessen würde er sich auf das Hier und Jetzt konzentrieren. Das Problem identifizieren. Die Lösung finden.

Phoebe finden.

Cole hielt mit quietschenden Bremsen vor Halliwell Manor an und nahm sich kaum die Zeit, den Motor abzustellen, ehe er aus dem Wagen sprang. Er rannte über den Fußweg. Adrenalin wurde durch seinen Körper gepumpt, als er krachend die Haustür aufstieß, einen Salto schlug und in Kampfhaltung wieder auf die Füße kam.

Dass er kein Dämon mehr war, bedeutete noch lange nicht, dass er vergessen hatte, wie man richtig kämpfte.

Aber nichts griff ihn nach seinem Eintritt an. Und keine sengenden Energieblitze kamen um die nächste Ecke geschossen. Cole richtete sich vorsichtig wieder auf. Die unheimliche Stille im Haus zerrte an seinen ohnehin strapazierten Nerven. »Piper? Paige?«, rief er.

»Hier drinnen«, antwortete Pipers Stimme in einem seltsam hohen Tonfall. Er hörte, wie sie sich räusperte und es noch einmal versuchte. »Wir sind im Esszimmer, Cole. Ich denke, es wäre eine gute Idee, wenn du auch hierher kommen würdest. Tu mir nur einen Gefallen, ja?«

»Was denn?«, erkundigte sich Cole. Alle seine Sinne waren geschärft, als er sich, so leise er konnte, dem Esszimmer näherte und dabei seinen Rücken gegen die Wand gedrückt hielt.

»Keine plötzlichen Bewegungen, ja? Komm einfach ganz langsam rein. Er sagt, so wird es für uns alle am besten sein.«

Cole blieb stehen. »Wer sagt das?«, rief er. Er war fast dort. Nur noch ein paar Schritte, und er würde ...«

»Ich sage das«, ließ sich eine neue Stimme vernehmen. Eine, die irgendwie dunkel und rau, aber gleichzeitig schlangenhaft schlüpfrig klang. Sie war definitiv nicht menschlich, entschied Cole. Was nicht heißen sollte, dass ihn das überraschte.

»Ganz gleich, welche sterblichen Heldentaten du vorhast, du kannst sie auf der Stelle vergessen«, fuhr die Stimme des unbekannten Dämons fort. »Tu einfach, was die Lady sagt. Keine unbedachten Bewegungen. Komm langsam rein. Ich bin nicht auf einen Kampf aus. Ich will nur eine Nachricht überbringen. Und du wirst hören wollen, was ich zu sagen habe.«

»Das bezweifle ich«, knurrte Cole.

Der Dämon lachte. Es war ein hässlicher Laut. »Vertrau mir«, sagte er. »Du willst diese Sache nicht verderben. Wenn du es doch tust, wirst du deine Hexe niemals wiedersehen.«

Phoebe, dachte Cole in Panik.

Jeder Instinkt drängte ihn zur Eile, doch er zwang sich zu zögern und erst mal seine Optionen zu überdenken. Fast mehr als alles andere auf der Welt wollte er das Gegenteil von dem tun, was der unbekannte Dämon verlangte. Zuerst hart und schnell zuschlagen. Hinterher Fragen stellen.

Aber so sehr er dem Impuls zum Zuschlagen auch nachgeben wollte, er musste herausfinden, ob Phoebe in Sicherheit war. Es schien jetzt ziemlich klar zu sein, dass sie entführt worden war. Aber er wusste nicht von wem. Oder warum. Nichtsdestotrotz kam es jetzt vor allem darauf an, Informationen zu sammeln, die helfen würden, Phoebe zurückzubekommen. Auch wenn Cole dies nur ungern zugab, konnte er das am besten erreichen, wenn er den Dämonenboten anhörte.

Also würde er den Dämon *zunächst* reden lassen und ihn *dann* auseinander nehmen, entschied Cole. Auf diese Weise konnte er den praktischen Erfordernissen der Situation gerecht werden und gleichzeitig das Bedürfnis befriedigen, auf irgendwas einzuschlagen.

Zufrieden mit seiner Entscheidung holte Cole tief Luft und betrat den Raum.

Er sah Piper und Paige Rücken an Rücken und mit gefesselten Armen auf zwei Esszimmerstühlen sitzen. Keine besonders originelle Methode, aber sie hatte den Vorteil, Pipers Fähigkeit, die Zeit anzuhalten, auszuschalten, denn um sie einzusetzen, musste sie ihre Hände bewegen. Und

Paige hatte ihrer Gabe zur Materialisation vermutlich nicht genug vertraut, um beide in Sicherheit zu bringen. Außerdem wären sie auch an jedem denkbaren Fluchtpunkt noch immer aneinander gefesselt gewesen.

»Seid ihr okay?«, fragte Cole und sah Piper an. Sie nickte.

Cole richtete seine Aufmerksamkeit auf das einzige andere Wesen im Raum. Am anderen Ende des Tisches stand ein kleiner Dämon mit grün geschupptem Gesicht. Er trug eine Parodie des Straßenanzugs, den Cole anhatte. Weißes Hemd mit Knopfleiste, sorgfältig gebügelte Hose. Ein Jackett und eine Krawatte. Anscheinend verputzte er gerade die Reste aus dem Korb mit Pipers Möhrenmuffins.

»Du solltest einen davon probieren. Die sind gar nicht schlecht«, meinte er und schenkte Cole ein zähnefletschendes Grinsen.

»Du wolltest mich sehen, hier bin ich«, erwiderte Cole. »Ich schlage vor, wir verzichten auf alle unter Dämonen üblichen Höflichkeitsfloskeln und kommen direkt zu dem Teil, in dem du mir sagst, warum du hier bist.«

Der Dämon leckte mit einer gespaltenen Zunge über seine Lippen. »Dein Dasein als Sterblicher hat deine Manieren nicht gerade verbessert, wie ich sehe.«

Cole trat einen drohenden Schritt vor.

»Schon gut. Schon gut«, rief der Dämon und wich unwillkürlich einen Schritt zurück. »Mann, was für ein Miesepeter. Schau dich um. Fällt dir auf, dass etwas fehlt? Oder vielleicht sollte ich *jemand* sagen.«

»Natürlich«, fauchte Cole. »Ich bin menschlich, nicht dumm. Jemand hat Phoebe entführt, nicht wahr? Wo ist sie und was wollen ihre Entführer?«

»Ah, aber das ist ja das Schöne daran«, sagte der Dämon, während ihm die Zunge abermals aus dem Maul glitt.

Er genießt es, dachte Cole. Sehr sogar. Zu sehr.

»Eine Entführung war überhaupt nicht nötig. Sie ist freiwillig mitgegangen«, fuhr der Dämon fort. Er fuchtelte mit einem Arm herum und ließ Muffinkrümel durch die Luft fliegen. »Seht!«

Cole, Paige und Piper konnten die Szene, die sich vor ihnen abspielte, wie auf einer Kinoleinwand beobachten, in die sich die Wand des Esszimmers plötzlich verwandelt zu haben schien.

Sie sahen Phoebe, die auf dem Bürgersteig vor Coles Lieblings-Hightech-Laden stand. Sie schien besorgt zu verfolgen, wie ein roter Sportwagen abgeschleppt wurde. Neben ihr stand jemand, der seiner Reaktion auf die Abschleppaktion zufolge der Besitzer des Fahrzeugs sein musste.

Was hat das jetzt mit der Sache hier zu tun?, dachte Cole frustriert. Er öffnete gerade den Mund, um die Frage laut auszusprechen, als er sah, wie sich Phoebes Lippen bewegten und der Sportwagenbesitzer sich umdrehte.

Cole spürte, wie die Luft aus seiner Lunge wich, als hätte er einen Schlag in den Magen bekommen. Diesen Kerl kannte er doch. Das Gesicht würde er überall wiedererkennen. Phoebes neue Bekanntschaft vom vergangenen Abend.

»Wie ich sehe, scheinst du allmählich zu verstehen«, bemerkte der Dämon, die kleinen Knopfaugen weiter auf Coles Gesicht gerichtet. »Du bist vielleicht ein Miesepeter, aber du begreifst schnell. Du erkennst ihn, nicht wahr?«

Da Cole sich nicht sicher war, ob er seiner Stimme vertrauen konnte, nickte er nur. Zuerst das Abendessen, dann eine Verabredung am nächsten Tag. War Phoebes Empörung gespielt gewesen? Hatte sie ihn am Ende doch betrogen?

»Einen Moment – du sagst, dieser Kerl gehört zur Unterwelt?«, fragte Paige plötzlich. »Unmöglich. Er sieht eher wie der Junge in den Wiederholungen der *Andy Griffith Show* aus.«

»Das Äußere kann täuschen«, erwiderte der grün geschuppte Dämon selbstzufrieden. »In *seinem* Fall ...« Er riss den Kopf herum und nickte dem Mann neben Phoebe zu. Die an die Wand projizierte Szene zeigte, wie sich die beiden angeregt unterhielten. »... in *seinem* Fall gilt das ganz besonders. Er kann morgens beim Aufwachen das eine Gesicht aufsetzen, ein anderes am Nachmittag und noch ein ganz anderes bei Nacht. Die Möglichkeiten sind praktisch unerschöpflich. Und keine zwei davon sehen einander ähnlich. Niemand hat jemals sein wahres Gesicht gesehen. Nicht einmal er selbst, heißt es.«

»Warum nicht?«, fragte Paige. »Was nicht heißen soll, dass ich das wirklich wissen will.«

»Ganz einfach«, antwortete der Dämon. »Weil sein Gesicht so schrecklich ist, dass nicht einmal er selbst seinen Anblick ertragen kann.«

Cole spürte, wie das Blut aus seinem pochenden Kopf wich. Es gab nur ein Wesen, auf das diese Beschreibung zutraf. Eine Kreatur, die einst menschlich gewesen und zu etwas völlig anderem geworden war. Und zwar zu nichts Gutem. Und die der Frau, die er liebte, viel zu nahe gekommen war.

Cole starrte die Wand wie gebannt an und sah zu, wie Phoebe eines der gefährlichsten Wesen der Unterwelt aufforderte, auf dem Beifahrersitz des Halliwell-Geländewagens Platz zu nehmen.

»*Täuschung.*«

8

»GESUNDHEIT«, SAGTE PAIGE AUTOMATISCH.

Der Dämon lachte entzückt. »Ich verstehe allmählich, warum es dir hier so gefällt«, wandte er sich an Cole. »Diese Hexen sind der Brüller.«

Cole spürte, wie sein Geduldsfaden wie eine zu fest gespannte Gitarrensaite riss. Er überbrückte die Distanz zu dem Dämon mit drei schnellen Schritten, packte ihn am Hals und hob ihn in die Luft.

»Ist er überhaupt zu so was fähig?«, fragte Paige besorgt. »Ich meine, jetzt, da er bloß ein Sterblicher und so ist?«

»Ich schätze, *bloß* ist ein ziemlich relativer Begriff«, antwortete Piper, während sie den Kopf drehte, um zu sehen, was vorging.

Ihr Wortwechsel wurde von Coles harter und zorniger Stimme beendet. »Siehst du mich lachen?«, fragte er den Dämon.

Der Dämon gab einen erstickten Laut von sich.

»Das dachte ich mir«, sagte Cole. »Wo hat er sie hingebracht? Zeig mir den Rest. Tu es *jetzt.*«

Der Dämon trat um sich, fuchtelte wild mit den Händen, und die Szene an der Wand bewegte sich im Zeitraffer weiter. Phoebe stieg jetzt in den Wagen. Der grün geschuppte Dämon machte eine weitere Bewegung, und Phoebes Stimme erfüllte das Esszimmer: »Ich bringe Sie überallhin, wo Sie hinmüssen.«

»Ich hatte gehofft, dass Sie das sagen«, erwiderte der Mann an ihrer Seite darauf. Ein blendender Lichtblitz folgte, und Phoebe und ihr Begleiter verschwanden. Die Bilder an der Wand erloschen.

»Wo ist sie?«, donnerte Cole. Zorn und Furcht durchfluteten ihn in heißen, dichten Wellen. Er schüttelte den Dämon wie eine Puppe. Durch das Rauschen in seinen Ohren konnte er Pipers drängende Stimme hören: »Cole, *Cole!* Stell ihn ab! Er kann nicht antworten, wenn deine Hand um seine Kehle liegt.«

»Sie hat Recht«, ließ sich eine neue Stimme vernehmen. Cole spürte, wie sich eine Hand auf seine Schulter legte. Bevor er eine Warnung knurren konnte, ging ihm auf, wer der Neuankömmling war.

»Er ist nicht das Wesen, gegen das wir kämpfen müssen. Er ist bloß der Bote«, erklärte Leo. »Komm schon, Cole, stell ihn ab. Lass ihn erzählen, was er weiß. Das ist jetzt das Wichtigste.«

Er hat Recht, dachte Cole. Ich muss meine Selbstbeherrschung zurückgewinnen. Wenn ihm das nicht gelang, würde Phoebe vielleicht für immer verloren sein.

Cole ließ den Dämon langsam auf den Boden hinunter.

Dann wich er mit Leo an seiner Seite durch den Raum zurück, bis der Esszimmertisch wieder zwischen ihnen und dem Dämon stand. Er war sich nicht ganz sicher, ob er andernfalls nicht die Beherrschung verloren hätte.

»Du hast zwei Sekunden, um uns zu sagen, was du weißt.«

»Sie ist in der Unterwelt, was denkst du denn?«, fauchte der Dämon. »Sie ist freiwillig dort hingegangen. Du hast es selbst gehört. Wenn du mich fragst, deine Hexenfreundin hat ein falsches Spiel mit dir getrieben, Oh-der-du-einst-Balthasar-warst. Erst hat sie dich dazu gebracht, deine Kräfte aufzugeben, und dich dann gegen ein neues, besseres Modell eingetauscht. Täuschung steht ziemlich weit oben in der alten Dämonenhierarchie. Direkt unter der Macht der Finsternis.«

Sag mir etwas, das ich noch nicht weiß, dachte Cole. Zum Beispiel, wie ich sie zurückbekommen kann. Er versuchte die Frage zu stellen, doch seine Kehle schien zugeschnürt zu sein.

»Wie bekommen wir sie zurück?«, fragte Leo und sprach damit Coles Gedanken aus.

Der Dämon grinste höhnisch. »Liegt das nicht auf der Hand? Der Sterbliche hier muss nach unten gehen und sie retten – natürlich vorausgesetzt, dass er dazu überhaupt fähig ist. Wenn er sie finden und beanspruchen kann, darf er sie in diese Welt zurückbringen. Wenn nicht, werden beide unten bleiben. Ich persönlich würde keinen Cent auf ihn setzen. Selbst als er noch ein Dämon war, hätte er gegen ein Wesen wie Täuschung keine großen Chancen gehabt.«

Der Dämon schüttelte den Kopf. »Doch ich bin ein wenig voreingenommen, wie ich zugeben muss. Aber was soll's? Na, wo habe ich dieses verfluchte Ding denn hingetan?« Er tastete suchend seine Taschen ab. »Oh, da ist es ja!«, erklärte er eine Sekunde später und zog ein zylindrisches Objekt aus der Gesäßtasche seiner Hose. »Ist euch schon mal aufgefallen, dass die Dinge, die man sucht, sich immer an dem letzten Ort befinden, an dem man nachschaut? *Fang!*« Mit einer plötzlichen Bewegung warf er das Objekt Cole zu.

Adrenalin schwappte durch Coles Körper, drängte ihn zum Kampf oder zur Flucht, doch seine Disziplin gewann die Oberhand und er fing den Gegenstand aus der Luft. »Ein Kazoo?«, sagte Cole, als er das Objekt betrachtete. »Du gibst mir ein Kazoo? Wofür zum Teufel soll das denn gut sein?«

»Natürlich um deinen Führer zu beschwören«, gab der Dämon zurück. »Du bist im Moment ziemlich im Nachteil, aber das weißt du ja selbst. Du kannst dich nicht einfach wie früher in die alte Heimat zappen. Jetzt brauchst du einen Führer, genau wie alle anderen Sterblichen. Oh, dabei fällt mir was ein ...«

Er schob eine Hand in die Tasche seines Jacketts und zog eine funkelnagelneue Münze heraus. Er balancierte sie auf seinem Daumennagel und schnippte sie dann in die Luft. Die Münze überschlug sich und wirbelte auf Cole zu. »Ein Penny für den Fährmann«, meinte der Dämon mit einem bösen Grinsen. »Ich denke, das sollte reichen. Botschaft übermittelt. Mission abgeschlossen. Lasst die Spiele beginnen. Ich würde dir gern Glück wünschen, aber das wäre nicht ehrlich gemeint. Was also hätte es für einen Sinn?« Er streckte die Hand aus, griff sich Pipers letzten Möhrenmuffin und verschwand in einer Wolke aus übel riechendem grünen Rauch.

»Mann, was bin ich froh, dich zu sehen«, sagte Piper, während Leo, als der Dämon verschwunden war, zu ihr eilte, um die Fesseln der beiden Hexen zu lösen.

»Ich bin so schnell hergekommen, wie ich konnte. Tut mir Leid, dass es nicht schneller ging«, erklärte Leo. In dem Moment, als Piper frei war, warf sie sich in seine Arme.

»He, ich könnte auch eine Umarmung gebrauchen«, bemerkte Paige.

Piper und Leo drehten sich um und nahmen sie ebenfalls in die Arme. Paige drückte die beiden anderen an sich und trat dann zurück. Als hätte sie damit irgendein Zeichen gegeben, wandten sich alle Cole zu.

Er starrte die Wand an, an der der Dämon ihnen gezeigt hatte, was mit Phoebe passiert war, und hielt in der Faust die Gegenstände, die der Dämon ihm zugeworfen hatte – seine Tickets in die Unterwelt, den Ort, den zu verlassen er sich solche Mühe gegeben hatte.

Einen Moment lang sagte niemand ein Wort.

»Nun, wie sieht der Plan aus?«, fragte Paige dann. »Wie sollen wir dafür sorgen, dass du – wie hat er es noch mal ausgedrückt? – Phoebe *findest* und *beanspruchst*? Nebenbei, was ist denn das für eine abgedroschene Formulierung? Wofür halten die Phoebe eigentlich? Für ein verloren gegangenes Gepäckstück?«

Cole wandte sich langsam den anderen zu. Sein Körper fühlte sich steif und taub an. Als würden der Zorn, die Furcht und der Schmerz, die durch seine Adern strömten, einfach explodieren, wenn er sich zu schnell bewegte. »Die denken«, erklärte er mit ruhiger Stimme, »dass Phoebe das perfekte Werkzeug für ihre Rache an mir ist. Und wisst ihr was? Damit haben sie absolut Recht.«

9

»OKAY, AUGENBLICK MAL«, bat Paige. »Vielleicht habe ich nur einen beschränkten Moment, aber ich kapiere das nicht. Du sagst, sie haben Phoebe verschleppt, ohne sie wirklich zu wollen?«

»Oh, sie wollen sie schon«, erwiderte Cole grimmig. »Es ist nur so, dass sie es eigentlich auf mich abgesehen haben. Sie machen es mir ziemlich leicht, sie zu suchen, findest du nicht auch? Das sollte uns etwas sagen. Nämlich, dass ich das eigentliche Ziel bin. Phoebe ist nur ein Bonus.«

»Ich stimme Cole zu«, warf Piper ein. »Dieser hässliche, kleine, Muffins stehlende Dämonenbote hat *ihn* gesucht, nicht uns. Aber wir dürfen nicht vergessen, wenn Phoebe auf Dauer in der Unterwelt bleibt, dient das noch einem anderen wichtigen Zweck. Es würde die Macht der *Zauberhaften* brechen.«

Ein Moment der Stille trat ein.

»Nun, dann müssen wir sie eben zurückholen«, sagte Paige nachdrücklich. »Ich muss mich noch immer daran gewöhnen, eine Hexe zu sein. Wofür halten diese Kerle mich – für jemand, der sich ständig neuen Lebensumständen anpassen will?«

Paiges schnodderige Ausdrucksweise brachte Piper zum Lächeln. Sie hatte eine Weile gebraucht, um Paige zu verstehen, aber jetzt wusste sie, dass Paige häufig dann besonders sarkastisch war, wenn sie sich am meisten sorgte.

»Was wissen wir über diesen Niesdämon, der Phoebe entführt hat?«, wandte Piper sich an Cole.

»Einen Moment – ein *Niesdämon?*«, unterbrach Leo.

»Sie meint Täuschung«, sagte Cole. »Der Name klingt ein bisschen wie ein Niesen.«

Leos nachdenkliche Miene wurde ernst. »Oh-oh.«

»Das kannst du laut sagen«, nickte Cole.

»Ich könnte, aber ich werde es nicht.«

»So schlimm?«, fragte Piper.

»Eigentlich müsste ich sagen, dass ich das Ganze sogar für noch schlimmer halte«, erwiderte Leo.

»Wie viel schlimmer?«, wollte Paige wissen.

»Schlimmer geht praktisch gar nicht«, erklärte Cole. »Unser grün geschuppter Freund hat nicht gescherzt, als er sagte, dass Täuschung praktisch an der Spitze der Hierarchie des Bösen steht. Er beugt sich der Macht der Finsternis, und die kommt direkt nach der Quelle.«

»Und was hat es mit diesem Täuschung auf sich?«, fragte Piper.

»Um die Wahrheit zu sagen«, antwortete Cole, »ich kenne nicht die ganze Geschichte, nur die Unterweltgerüchte. Sehr böse. Sehr mächtig. Definitiv ein Kerl, von dem man sich fern halten sollte. Ich weiß nicht, wie er so geworden ist.«

Piper und Paige wechselten einen bedeutungsvollen Blick.

»Alle gehen nach oben«, befahl Piper. »*Sofort.*«

»Dem *Buch der Schatten* zufolge«, erklärte Piper ein paar Minuten später, »war das Wesen, das jetzt als Täuschung bekannt ist, einst ein französischer Aristokrat namens Nicolas Gerrard.«

Cole gab an seinem Platz neben der Dachbodentür einen erstickten Laut von sich.

»Was?«, fragte Paige. Sie hatte über Pipers Schulter ins

Buch der Schatten geblickt. Jetzt drehte sie sich zu Cole um.

»Nichts«, antwortete Cole wortkarg. Nur etwas, das mir hätte auffallen müssen, mir aber nicht aufgefallen ist, dachte er. Nick Gerrard. Hätte er gestern Nacht die Verbindung hergestellt und wäre er nicht so geblendet von seiner Eifersucht gewesen, könnte Phoebe jetzt vielleicht noch in Sicherheit sein.

Zermartere dir darüber nicht das Hirn, ermahnte er sich grimmig. Wenn er solchen Gedanken nachgab, würde am Ende unweigerlich die Verzweiflung stehen. Er hatte dem Bösen direkt in die Hände gespielt, etwas, das er offensichtlich schon einmal getan hatte. Und einmal war mehr als genug. »Sprich weiter«, sagte er laut.

»Während der französischen Revolution hat eine Bande von Plünderern Gerrards Château in Brand gesteckt. Dabei ist er fast umgekommen. Er überlebte nur dank der Tatsache, dass er sich auf wenig standesgemäße Weise mit einem örtlichen Bauernmädchen eingelassen hatte. Die Familie des Mädchens riskierte ihr Leben, um ihn zu retten, und holte ihn im letzten Moment aus den Flammen.«

»Hört sich an, als wäre er früher mal ein guter Mensch gewesen«, bemerkte Paige. »Wie ist er in den Dienst der Macht der Finsternis gelangt?«

Piper blätterte um und blickte einen Moment ins *Buch der Schatten*.

»Offenbar ist Gerrards Verlobte völlig durchgedreht, als sie sah, wie schrecklich er verbrannt war«, erklärte sie. »Sie sagte, ein derartiges Ungeheuer würde sie niemals heiraten. Daraufhin schwor Gerrard Rache und verkündete, er würde ihr und allen Frauen zeigen, was für ein Ungeheuer er wirklich sei. Die Macht der Finsternis erhörte ihn und bot ihm die Macht, sein Vorhaben in die Tat umzusetzen –

natürlich als Gegenleistung für eine Ewigkeit in seinen Diensten.«

»Ein toller Handel«, warf Paige ein.

»Wenn man ewig leben will, ist es eigentlich ein ziemlich gutes Geschäft«, meinte Leo. Es war das erste Mal, dass er das Wort ergriff, seit sie beschlossen hatten, das *Buch der Schatten* zu konsultieren.

»Und über welche Kräfte verfügt er?«, erkundigte sich Paige.

»Ich bin mir nicht ganz sicher«, antwortete Piper, die weiter in das *Buch der Schatten* vertieft war. »›Und er nahm den Namen und die Macht von Täuschung an‹«, las sie laut vor. »Das ist alles, was hier steht.«

»Na ja, das ist so klar wie Schnodder«, kommentierte Paige.

»So schlimm«, warf Leo ein, »ist es eigentlich gar nicht. Gerrards Dämonenname ist Täuschung, was dasselbe ist wie Illusion.«

»Also hat er den Namen und die Macht der Illusion angenommen?«, fragte Piper.

»Das ist richtig.« Leo nickte. »Täuschungs Macht besteht in der Fähigkeit, jede beliebige Gestalt anzunehmen, obwohl ich nicht glaube, dass er jemals etwas anderes als ein menschlicher Mann sein wollte. Aber er kann seine Gesichter wechseln wie Masken und die Gestalt jedes anderen Menschen annehmen.«

»Willst du damit sagen, er könnte auch wie einer von euch aussehen?«, fragte Paige. Ihr Blick huschte zwischen Leo und Cole hin und her, als würde sie damit rechnen, dass sie im nächsten Moment vor ihren Augen ihre Gestalt wechselten.

»Das könnte er«, bestätigte Cole mit grimmiger Stimme. »Aber er würde es nicht tun. Sich einfach so als jemand anders zu maskieren, ist nicht sein Stil. Täuschungs Gesichter sind immer maßgeschneidert, um sein auserwähltes Opfer zu umgarnen. Das Gesicht, das er trägt, entspricht irgendeinem Bedürfnis, das die jeweilige Frau hat, selbst wenn ihr dies nicht klar ist. Wenn sie sich ihm dann hingibt, verrät er sie, so wie er selbst einst verraten wurde. Auf diese Weise nimmt er Rache.«

»›Für den Meister die Seelen, für den Diener der Handel‹«, las Piper aus dem *Buch der Schatten* vor. »Nun, ich schätze, ich weiß, wie der Pakt aussieht. Die Macht der Finsternis bekommt die Seelen von Täuschungs Opfern, und Täuschung selbst erhält seine Kräfte auf Dauer.«

»Hört sich überzeugend an«, nickte Cole.

»Aber dieser Pakt hat einen Schwachpunkt«, sagte Piper aufgeregt. »Genau genommen könnten es sogar zwei Schwachpunkte sein. Wenn ich den Handel, den er abgeschlossen hat, richtig verstehe, ist dieser Kerl Täuschung kein richtiger Dämon. Er ist nur ein aufgemotzter Sterblicher, der von der Macht der Finsternis unterstützt wird. Was, wenn Täuschung bei der Lieferung einer Seele versagt? Würde das nicht bedeuten, dass er seinen Teil der Abmachung bricht? Die Macht der Finsternis könnte ihn verstoßen. Ihm seine Kräfte und sein Leben nehmen.«

»In der Theorie hast du vermutlich Recht«, räumte Cole ein. »Aber Täuschung hat bisher noch nie versagt.«

»Er hat es aber auch noch nie mit einer von den *Zauberhaften* zu tun bekommen, oder?«, erwiderte Piper.

»Nicht mit einer«, sagte Paige nachdrücklich. »Mit allen. Plus Verstärkung.«

»Das siehst du richtig«, erklärte Piper und zog ihre jüngere Halbschwester kurz an sich. »Jetzt brauchen wir nur noch einen Angriffsplan und ...«

»Ich verstehe noch immer nicht, wie so ein unschuldiges Bauernjungengesicht aus Iowa irgendein geheimes Bedürfnis von Phoebe befriedigt haben soll«, unterbrach Paige mit ungläubiger Miene. »Was steckt denn dahinter?«

»Na ja«, sagte Piper bedächtig, »bei näherem Hinsehen könnte man dieses Gesicht als das Gegenteil von dem bezeichnen, das Cole hier mit sich herumträgt.«

»Okay, ich denke, ich verstehe, wie es funktioniert«, nickte Paige. »In Cole lauern dunkle, tiefe Abgründe, wie sich herausgestellt hat, richtig? Also hat Täuschung für Phoebe absichtlich ein Gesicht gewählt, das aussah, als würde sich überhaupt nichts dahinter verbergen ...«

»Obwohl sich in Wirklichkeit eine ganze Menge dahinter verbarg«, fuhr Piper mit ihrer Erklärung fort. »Und zwar etwas viel Schlimmeres, als Balthasar jemals war.«

»Etwas eindeutig Diabolisches«, meinte Paige. »Wie hat Phoebe diesen Kerl überhaupt kennen gelernt?«

Cole holte tief Luft. Die Zeit der Wahrheit ist da, dachte er. Aber dann würde es höchste Zeit sein, dass sie sich um Phoebes Befreiung kümmerten und, wie Piper gesagt hatte, einen Angriffsplan entwickelten. »Sie haben gestern Abend zusammen gegessen.«

Paige und Piper sahen ihn erstaunt an. »Was?«, riefen sie.

»Gestern Abend«, erklärte Cole, der Mühe hatte, seine Stimme ruhig klingen zu lassen, »wollten Phoebe und ich eigentlich im *Chez Richard* essen. Erinnert ihr euch?«

»Oh, ja«, sagte Paige leise. Ihr Blick huschte zu Piper.

»Ich wurde im Büro aufgehalten«, fuhr Cole fort. »Phoebe sagte, sie hätte euch gefragt, aber ihr hattet keine Zeit. Ihr wolltet zu Hause bleiben.«

Piper schloss die Augen, als würde sie plötzlich Schmerzen empfinden. Leo trat an ihre Seite. »Piper?«, drängte er sanft.

»Sie hatte Recht«, erwiderte Piper und öffnete die Augen wieder. »Genau das haben wir gesagt.«

»Nun, offenbar war unser Freund Täuschung in dem Restaurant«, fuhr Cole fort. »Als ich mich schließlich frei machen konnte und dort eintraf, aßen er und Phoebe zusammen zu Abend, obwohl ich ihn zu dem Zeitpunkt natürlich nicht erkannte. Ich dachte, sie wäre nur mit irgendeinem Kerl zusammen.«

Paige fuhr zusammen. »Ich wette, ich weiß, was dann kam«, murmelte sie.

»Du könntest Recht haben«, sagte Cole und entblößte in einem freudlosen Lächeln die Zähne. »Ich bin mit der Situation nicht besonders gut umgegangen.«

»Mit anderen Worten, wenn Piper oder ich mit Phoebe zu Abend gegessen hätten, wie sie uns gebeten hat, wäre nichts von alledem passiert«, stellte Paige betrübt fest.

»Nein, wenn *ich* mit ihr zu Abend gegessen hätte, wäre nichts passiert«, widersprach ihr Cole.

»Vielleicht nicht sofort«, warf Leo ein, ehe das unerfreuliche Spiel abwechselnder Selbstbezichtigungen eskalieren konnte. »Aber der Lauf der Dinge hätte sich nur verzögert. Täuschung hätte nicht einfach aufgegeben und sich davongemacht. Er hat Phoebe aus spezifischen Gründen als Ziel ausgesucht. Wenn der Plan mit dem Restaurant geplatzt wäre, hätte er einen anderen Weg gefunden, mit ihr allein zu sein. Es hat keinen Sinn, dass ihr euch Vorwürfe macht. Schuldzuweisungen werden uns nicht dabei helfen, Phoebe zurückzuholen.«

»Aber warum hat er Phoebe überhaupt entführt?«, wollte Paige wissen. »Wenn Cole das eigentliche Ziel ist, warum hat er ihn nicht direkt angegriffen?«

»Aber genau das ist doch schon oft geschehen«, sagte Cole. »Die Dämonen haben damit bloß nicht allzu viel erreicht. Das hier ist offensichtlich eine neue Taktik, die nur einem Zweck dient.«

»Und der wäre?«

»Mich zu ihnen zu bringen«, erwiderte Cole schlicht. »Sie wollen mich, und ich sage, sie können mich haben. Ich werde in die Unterwelt gehen, um Phoebe nach Hause zurückzuholen.«

10

»OH, NEIN, DAS WIRST DU NICHT«, protestierte Piper sofort. »Wenigstens nicht allein.«

»Sie wollen, dass ich allein komme, also werde ich allein gehen«, entgegnete Cole. »Ich habe es bereits vermasselt und zugelassen, dass sie Phoebe in die Finger gekriegt haben. Ich werde ihre Rettung nicht auch noch vermasseln, Piper.« Er machte auf dem Absatz kehrt und wandte sich zur Treppe. Die anderen folgten ihm.

»Aber du kannst ihnen nicht einfach geben, was sie wollen«, argumentierte Piper, während sie hinter ihm herlief. »Du wirst ihnen damit nur in die Hände spielen. In eine Falle tappen.« Sie drehte sich plötzlich zu Paige und Leo um, die direkt hinter ihr waren. »Kann bitte mal jemand eingreifen, bevor ich mich noch mehr wie eine schlechte Krimiserie aus den Sechzigern anhöre?«

Cole stieg weiter die Treppe hinunter. Seine langen Beine fraßen die Stufen. Er erreichte das Erdgeschoss und eilte zur Haustür.

»Hör zu, wir haben bereits festgestellt, dass Phoebe nicht das Hauptziel ist. Ich bin es, den Täuschung und sein Meister wirklich wollen. Das bedeutet, der beste Weg, um Phoebe zu befreien, ist, mich in die Hände der Bösen zu begeben – oder sie das wenigstens glauben zu machen. Wenn sie denken, dass sie alle Karten in der Hand halten, werden sie vielleicht übermütig und machen einen Fehler.«

»Wenn du Phoebe in die Unterwelt folgst, werden sie keinen Fehler machen müssen, weil sie dann alle Trümpfe in der Hand halten werden«, schrie Piper fast. Sie rannte an Cole vorbei und baute sich zwischen ihm und der Tür auf.

»Ihr Einwand ist berechtigt«, sagte Leo ruhig.

Cole fuhr zu ihm herum. »Und was schlägst du als Alternative vor?«, verlangte er zu wissen. »Dass ich *dich* gehen lasse? Hast du überhaupt eine Vorstellung davon, wie gerne alle da unten ihre hässlichen, spitzen Zähne und Klauen in einen *Wächter des Lichts* schlagen würden?«

»Eine ziemlich genaue sogar«, gab Leo gleichmütig zurück. »Das bedeutet aber nicht, dass wir mich aus einem möglichen Plan ausschließen sollten.«

»Auf keinen Fall«, wehrte Cole kopfschüttelnd ab. »Ich gehe allein, und das ist endgültig.«

»Das glaube ich nicht, Cole«, sagte Paige. Ihr ungewöhnlich ernster Ton lenkte alle Augen auf sie, als sie an Leos Seite trat. »Phoebe liebt dich. Das macht dich zu einem Teil der Familie. Du wirst auf keinen Fall allein gehen. Diese Sache betrifft uns alle, ob es dir gefällt oder nicht. Hör auf, wie ein Dämon zu denken, und fang an, dich wie ein Mensch aufzuführen.«

Cole öffnete den Mund, um eine Antwort zu fauchen, und schloss ihn dann wieder. Das Ausmaß des menschlichen Mitgefühls und der menschlichen Großzügigkeit überraschte ihn immer wieder aufs Neue. Zum ersten Mal, seit Phoebe verschwunden war, spürte Cole so etwas wie Hoffnung. »In Ordnung. Du hast ja Recht«, sagte er. »Und es ist nicht so, dass ich dein Angebot nicht zu schätzen wüsste, Leo. Aber ich kann dich nicht gehen lassen, und ich denke, wir kennen beide den Grund dafür.«

Cole sah dem anderen Mann schweigend in die Augen. Solche Momente zwischen ihnen waren selten, ihre Hintergründe waren einfach zu verschieden. Aber Paiges Worte hatten klargemacht, wie viel Cole und Leo jetzt gemeinsam hatten. Vor allem die Frauen, die sie liebten.

Das bedeutete, dass sie beide bestrebt waren, sie zu beschützen, nicht nur, weil sie sie liebten, sondern weil sie die *Zauberhaften* waren.

»Lasst uns diese Sache einen Moment mal ganz rational durchdenken«, fuhr Cole fort und wandte sich an Piper. »Und meine Gefühle für Phoebe vergessen.«

Obwohl Cole das Gefühl hatte, dass ihm die Zeit davonlief, war er klug genug, in dieser Sache nichts zu überstürzen. Das hatte er gestern Abend bei Phoebe getan, mit katastrophalen Resultaten. Dies ist *mein* Schlamassel, dachte er. Es liegt an mir, ihn zu bereinigen.

Aber vielleicht, nur vielleicht, hatte Paige damit Recht, dass er dies nicht allein tun musste.

Cole bedeutete den anderen mit einer Handbewegung, ihm ins Wohnzimmer zu folgen. Er wartete, bis sie Platz genommen hatten, ehe er fortfuhr. »Wir stimmen alle darin überein, dass derjenige, der die Rettungsmission durchführen wird, ziemlich schlechte Chancen hat, oder?«, fragte er.

»Das ist unser aller Meinung«, nickte Piper.

»Also gehe ich davon aus, dass derjenige von uns, der in die Unterwelt geht, bestimmte Eigenschaften haben sollte«, erklärte Cole. »Vor allem, da sie alles sein werden, was ihm ...«

»Oder ihr«, murmelte Paige.

»... oder ihr«, wiederholte Cole, »da unten zur Verfügung stehen wird. Erstens sollte der Retter so gut wie möglich mit dem feindlichen Territorium vertraut sein. Zweitens sollte er entbehrlich sein, auch wenn wir das, ganz gleich, um wen es sich handelt, nur ungern zugeben. Ich besitze beide Eigenschaften. Ihr nicht.«

Stille trat ein.

»Du bist nicht entbehrlich, Cole«, widersprach Piper schließlich. »Phoebe liebt dich.«

»Das weiß ich«, sagte Cole. »Aber *du* weißt, was ich

meine, Piper. Paige hat vorgeschlagen, dass ich wie ein Mensch denken soll, und das tue ich. Die Welt kann es sich nicht leisten, einen *Wächter des Lichts* zu verlieren, ganz gleich, wie sehr ich und Phoebe einander lieben. Und sie kann es sich nicht leisten, die Macht der *Zauberhaften* zu verlieren. Das bedeutet, dass ich derjenige bin, der in die Unterwelt aufbrechen muss, ganz gleich, was mich dort erwartet. Auch wenn das Böse genau das erwartet. Es geht hier um mehr als nur um Phoebe und mich.«

»Cole hat Recht«, sagte Paige ruhig. »Es ist schon schlimm genug, dass diese Dämonen Phoebe in ihren hässlichen Klauen haben. Wir können nicht das Risiko eingehen, dass ihnen auch noch Leo in die Hände fällt.« Sie warf Piper einen Seitenblick zu. »Oder eine von uns.«

»Also ist es entschieden«, stellte Cole fest. »Ich gehe.«

»Okay, es ist entschieden«, sagte Piper. Sie warf resignierend die Hände hoch. »Du gehst. Aber vorher gibt es noch etwas anderes, das wir klären müssen.«

»Was?«, fragte Cole.

»Was der Rest von uns tun kann, um dir Rückendeckung zu geben.«

Fünfzehn Minuten später hatten sie die Einzelheiten ausgearbeitet.

Nicht, dass es da besonders viel zu besprechen gegeben hätte.

»Okay, sind wir uns alle einig?«, wollte Cole wissen.

Piper, Paige und Leo nickten ernst.

»Phase eins, ich gehe in die Unterwelt, um Phoebe zu suchen«, fuhr Cole fort.

»Phase zwei, ich wirke einen speziellen Zauber, damit wir dich im Auge behalten können«, fügte Piper hinzu. »Obwohl ich immer noch denke, dass du mich mit magischen Mitteln nach Phoebe suchen lassen solltest, wenn ich schon mal dabei bin. Vielleicht würde dir das einen Hinweis liefern.«

»Und wie willst du mir diese Information zukommen lassen?«, fragte Cole. Er schüttelte den Kopf.

»Aber ...«, begann Piper.

»Piper«, sagte Leo mit einem Hauch von Frustration in seiner geduldigen Stimme. »Cole hat Recht, und das weißt du. Ein Suchzauber, der Dinge in der Unterwelt enthüllt, ist nicht nur mächtig, sondern auch gefährlich. Cole muss sich darauf konzentrieren, Phoebe aufzuspüren.«

»Aber ...«, setzte Piper erneut an.

Cole trat zu ihr und packte sie an den Schultern. »Hör mir zu, Piper. Du willst, dass ich wie ein Sterblicher denke? Ich bin einer, und ich habe eine sterbliche Ahnung. Täuschung hat seine Kräfte gewählt, weil er verraten worden ist. Weil er von der Frau verraten wurde, die er geliebt hat. Ich habe das Gefühl, das bedeutet, dass er will, dass ich Phoebe finde. Ganz gleich, was sein Meister am Ende mit mir vor hat, ich bin bereit zu wetten, dass Täuschung eigene Pläne verfolgt. Vielleicht können wir dies zu unserem Vorteil nutzen.«

»Außerdem«, warf Paige ein, »muss der Suchzauber, um Cole zu lokalisieren, so stark wie möglich sein. Wir müssen wissen, wo er ist. Wenn nicht, können wir ihm keine Rückendeckung geben.«

»In Ordnung«, lenkte Piper mürrisch ein. »Aber es gefällt mir noch immer nicht.«

»Muss sie eigentlich immer das letzte Wort haben?«, wollte Cole von Leo wissen. Trotz des Ernstes der Lage verzog sich sein Mund zur Andeutung eines Grinsens, als er seine Hände von Pipers Schultern löste.

Leo zuckte die Schultern. »Immer.«

»Nun, du gehst in die Unterwelt und findest Phoebe«, sagte Paige. »Wenn du sie findest, werden wir es dank

Pipers total exzellentem Suchzauber mitbekommen. Sobald ihr zusammen seid, hole ich euch zurück, dann materialisieren wir alle wieder hier, wo wir hingehören.«

»Das ist der Plan«, bestätigte Cole. »Ich glaube allerdings, das Ganze ist leichter gesagt als getan.«

»Und wie willst du in die Unterwelt gelangen?«, fragte Piper.

Cole schenkte ihr ein grimmiges Lächeln und hielt das Kazoo hoch. »Ich werde damit meinen Führer beschwören. Und ich werde dies hier benutzen ...«, er hielt den Penny hoch, »... um ihn für die Überfahrt zu bezahlen.«

»Charon, den Fährmann«, sagte Leo.

Cole nickte.

»Ich dachte, der wäre nur ein Mythos«, protestierte Paige. »Ein griechischer, richtig?«

»Selbst ein Mythos muss irgendwo seinen Ursprung haben«, vermutete Cole. »In diesem Fall haben die Griechen die Wirklichkeit ziemlich gut getroffen. Doch da Charon normalerweise keine lebenden Passagiere befördert, denke ich nicht, dass ich ihn hier beschwören werde.«

»Wo dann?«, fragte Paige.

»Auf dem nächsten Friedhof«, antwortete Cole. »Wo sonst?« Er wandte sich an Piper und riss einen der Manschettenknöpfe seines Hemdes ab. »Hier«, sagte er und gab ihr den Knopf. »Die Verbindung für den Suchzauber wird stärker sein, wenn du etwas Persönliches von mir hast. Ich habe das Hemd den ganzen Tag getragen, sodass die Verbindung ziemlich gut sein müsste. Nicht nur das, es ist auch ein Geschenk von Phoebe.«

»Okay«, nickte Piper.

»Gib mir fünfzehn Minuten oder so, um den Friedhof zu erreichen und Charon zu beschwören, dann wirke den Suchzauber«, bat Cole. »Ich habe keine Ahnung, was mich dort unten erwartet, also versucht, positiv zu denken, was immer ihr auch seht.«

»Das werden wir«, versprach Piper ernst. »Cole.«

»Was?«, fragte Cole. Er hatte das Wort kaum ausgesprochen, als Piper und Paige ihre Arme um ihn schlangen. Die Wucht der Berührung ließ Cole schwanken. Dann spürte er Leos ruhige Hand auf der Schulter.

Familie, dachte Cole. Wenn es irgendwas gab, das ihn die Ereignisse des Tages gelehrt hatten, dann die Erkenntnis, wie eng sie miteinander verbunden waren. Cole spürte, wie ihn eine Welle aus Energie durchlief, wie er sie noch nie zuvor erlebt hatte. Das ist es, wofür ich mich entschieden habe, was ich will, dachte er und empfand die tiefe Wahrheit, die in dieser Feststellung lag.

Sicher, in mancher Hinsicht war er jetzt schwächer als in seiner Zeit als Dämon. Aber das bedeutete nicht, dass er *schwach* war. Er war menschlich. Er war nicht allein. Selbst in der Unterwelt würden die anderen bei ihm sein, und das nicht nur wegen Pipers Suchzauber. Er würde sie bei sich tragen, in seinem Herzen. In seinen Hoffnungen für die Zukunft.

Etwas, das kein Dämon verstehen konnte, weil Hoffnung etwas war, zu dem kein Dämon fähig war.

»Viel Glück«, sagte Leo, als die Umarmung endete. »Wir werden auf dich warten.«

Cole drehte sich um und ergriff seine Hand. »Ich werde zurück sein, bevor ihr wisst, wie euch geschieht«, versprach er.

Pass auf, Täuschung, dachte er, als er sich zur Tür wandte. Ich mag menschlich sein, aber ich bin viel stärker, als du ahnst.

11

Phoebe kam mit rasenden Kopfschmerzen und einem säuerlichen Geschmack im Mund zu sich. Durch die geschlossenen Augenlider hatte das Licht einen seltsam roten Ton.

Oh-oh, dachte sie. Das Tageslicht in San Francisco konnte viele Farben annehmen. Rot gehörte definitiv nicht dazu. Um genau zu sein, erinnerte sie Rot unweigerlich an …

Phoebe schlug die Augen auf, was ihre Kopfschmerzen eindeutig verschlimmerte. Doch sie ignorierte sie. Der erste Augenschein lieferte ihr keinen Anhaltspunkt für ihre Befürchtungen. Soweit sie es erkennen konnte, befand sie sich nicht in der Nähe der Feuer eines Ortes, den sie lieber nicht beim Namen nennen wollte. Stattdessen war sie in einem reich geschmückten Raum. Sie sah mehrere vor opulenten roten Vorhängen platzierte Kerzenleuchter, eine Kombination, die offenbar für dieses seltsame rote Leuchten verantwortlich gewesen war.

Phoebe setzte sich auf. Was in aller Welt?, dachte sie. Sie lag auf etwas, das frappierend an die Couch eines Psychoanalytikers erinnerte. Offenbar war jemand der Meinung, dass ihr Kopf einer Inspektion bedurfte.

»Oh, wie ich sehe, sind Sie wach«, sagte eine ihr bekannte Stimme.

Phoebe riss den Kopf herum. Direkt hinter ihr, auf einem Stuhl mit gerader Rückenlehne und einem kunstvoll bestickten Polster, saß die letzte Person, die sie gesehen hatte, bevor die Lichter ausgegangen waren. »Nick«, krächzte sie.

»Hallo, Phoebe«, sagte Nick. Sein Tonfall war freundlich, vielleicht sogar selbstzufrieden. Er erhob sich und rückte seinen Stuhl vor die Vorhänge, sodass Phoebe sich nicht den Hals verrenken musste, um ihn anzusehen.

»Ich hoffe, Sie spüren nicht allzu viele unangenehme Nebenwirkungen unserer kleinen Reise«, fuhr er fort, als er sich wieder setzte.

Oh-oh, dachte Phoebe wieder.

Nick verhielt sich nicht wie jemand, der sich in drohender Gefahr wähnte. Er verhielt sich wie jemand, der die völlige Kontrolle hatte. Was nur bedeuten konnte, dass, was auch immer hier vorging, von Nick eingefädelt worden war.

Mit einiger Verspätung schrillten die Alarmglocken in Phoebes Hinterkopf. So viel zum Frühwarnsystem der *Zauberhaften*, dachte sie resigniert. Warum hatte es nicht schon vor vierundzwanzig Stunden reagiert?

Phoebe konnte Nicks ungewöhnliche grüne Augen auf ihrem Gesicht spüren. Er studierte sie mit einer konzentrierten Miene, die in ihr das Gefühl erweckte, ein Insekt unter einem Mikroskop zu sein. Er wartet ab, was ich als Nächstes mache, durchfuhr es sie.

Um Hilfe zu schreien hatte einen gewissen Reiz. Nicht, dass Phoebe dem Drang nachzugeben gedachte. Erstens würde es ihr nichts bringen. Zweitens würde sie Nick damit nur verraten, wie verängstigt sie war. Es wäre besser, ihm eine Kostprobe seiner eigenen Medizin zu geben, entschied Phoebe. Er wollte sie anstarren? Sollte er doch. Das gab ihr die Gelegenheit, ihn selbst genauer zu studieren.

Als Erstes fiel Phoebe auf, dass Nick seine Kleidung gewechselt hatte. Die Jeans und der bequeme Pullover mit dem runden Halsausschnitt waren verschwunden. An ihre Stelle waren ... Phoebe war sich nicht sicher, wie die Kleidung, die Nick jetzt trug, genannt wurde. Aber worum auch immer es sich handeln mochte, Nick sah darin aus, als wäre er geradewegs aus einem historischen Gemälde in einem Museum gestiegen.

Nicks Hose, die, wie Phoebe zu Recht vermutete, aus Seide bestand, endete an den Knien. Darunter sah sie reich bestickte Seidenstrümpfe. An den Füßen trug er Lederschuhe mit polierten goldenen Spangen. Ein Rüschenhemd schmiegte sich wie schäumendes Wasser an seine Brust, und über seinen breiten Schultern spannte sich ein eng anliegender Mantel.

Nur seine Haare hatten sich nicht verändert. Sie waren noch immer nach hinten gekämmt und im Nacken zusammengebunden, obwohl sie jetzt von einem schwarzen Seidenband zusammengehalten wurden.

Er sieht wie ein Aristokrat aus, dachte Phoebe.

Eigentlich hätte seine Aufmachung lächerlich wirken müssen, aber das tat sie nicht. Nick strahlte darin reine Macht und totales Selbstvertrauen aus. Es war fast so, als wollte er so aussehen, dachte Phoebe. Wie er die ganze Zeit schon unter seiner oberflächlichen Lässigkeit ausgesehen hatte.

Phoebe traf im Bruchteil einer Sekunde eine Entscheidung, wie man sie trifft, wenn man den anderen nicht sehen lassen will, wie sehr man schwitzt. Entweder war Nick ein typischer Spinner mit einer umfangreichen Kostümsammlung, oder sie steckte in großen Schwierigkeiten, hauptsächlich von der übernatürlichen Art.

»Nun«, sagte sie brüsk, als sie ihre Beine über den Rand der Analytikercouch schwang. Die Bewegung löste Schwindel und Übelkeit aus. Doch Phoebe kämpfte die unangenehmen Gefühle nieder. Gewöhne dich daran, dachte sie.

Es war besser für sie, sich so schnell wie möglich Gewissheit über ihre körperlichen Beschränkungen zu verschaffen, damit sie daran arbeiten konnte, diese zu überwinden.

Schließlich konnte eine Frau nie wissen, wann sie kämpfen musste.

Oder fliehen.

»Müssen wir Kostüm tragen, um Ihren Wagen aus dem Depot zu holen?«, fragte sie fröhlich. »Ich hoffe, meines ist so hübsch wie Ihres.«

Nick warf den Kopf zurück und lachte. »Oh, Phoebe«, rief er. »Ich genieße das hier noch mehr, als ich gedacht habe. Ich hatte mich auf das Endergebnis konzentriert, verstehen Sie? Ich hatte keine Ahnung, dass wir bis dahin so viel Spaß miteinander haben würden.«

»Frauen zu entführen entspricht also Ihrer Vorstellung von Spaß?«, fragte Phoebe, während sie nicht daran zu denken versuchte, wie sehr ihr die Erwähnung irgendeines mysteriösen Endergebnisses missfiel.

»Aber ich habe Sie doch nicht entführt«, protestierte Nick. »Sie sagten, Sie würden mich überallhin bringen. Und zufälligerweise musste ich hierher und nicht zu diesem Depot. Ich hatte niemals die Absicht, dorthin zu fahren, wissen Sie?«

»Das ist mir schon klar, danke«, gab Phoebe zurück. »Okay, wo bin ich?«

»Zu Hause«, antwortete Nick Gerrard schlicht. »Bei mir zu Hause, um genau zu sein. Auch wenn es natürlich nur eine Kopie ist. Des Châteaus meiner Familie. Es war einige Generationen lang im Besitz meiner Familie, bevor diese *Revolutionäre* ...«, Nick spuckte das Wort aus wie einen Fluch, »... diese Schweine es bis auf die Grundmauern niedergebrannt haben.«

Château. Das ist Französisch, dachte Phoebe. Also stammte Nicks Aufmachung aus der Zeit der Französischen Revolution oder kurz davor. Phoebe war nicht sicher, wie sie dieses Detail weiterbringen sollte, aber wenn sie etwas gelernt hatte, seit sie eine *Zauberhafte* geworden war, dann die Tatsache, dass absolut jede Information nützlich sein konnte.

»Es ist wunderschön, finden Sie nicht auch?«, fragte Nick mit einer weit ausholenden Handbewegung.

Zu Phoebes Überraschung klang er, als wäre er wirklich an Ihrer Meinung interessiert. Erneut sah sie sich um. Der Raum erinnerte sie stark an Artikel in irgendwelchen schicken Lifestyle-Magazinen. *Wie die Reichen und Berühmten leben und Sie nicht.* Nicht gerade ihr Stil. Sie hatte es lieber etwas gemütlicher. Das Wohnzimmer von Halliwell Manor kam ihr plötzlich überaus verlockend vor. »Wir sind also in Frankreich?«, fragte sie, um weitere Informationen zu sammeln.

»Nicht direkt«, erwiderte Nick. »Mein ... Meister zieht es vor, mich ständig in seiner Nähe zu haben.«

Okay, jetzt wird es spannend, dachte Phoebe. Ihr war das leichte Zögern vor dem Wort *Meister* nicht entgangen. Ein Zögern, das in ihrer Magengrube einen kalten Knoten aus Furcht erzeugte. Die Hoffnung, dass ihre Anwesenheit hier etwas mit der normalen Welt zu tun haben könnte, verblasste mit jedem Moment mehr. Vermutlich wusste Nick über sie und die *Zauberhaften* Bescheid.

Phoebe entschied, dass es höchste Zeit war, wieder auf die Beine zu kommen. Erfreut stellte sie fest, dass ihre Kopfschmerzen nachzulassen schienen. Sie war noch immer nicht kräftig genug, um kämpfen zu können, aber das war nur eine Frage der Zeit. Einer Zeit, die sie nutzen würde, um so viel wie möglich darüber in Erfahrung zu bringen, was hier vorging.

»Meister, wie?«, bemerkte sie. »Nun, das ergibt wenigstens teilweise einen Sinn. Ich meine, mal ehrlich, sie scheinen eher der Botenjunge als der Hauptverantwortliche zu sein. Also, wer zieht an Ihren Fäden, Nick? Irgendwer, den ich kenne?«

»Niemand zieht an meinen Fäden«, fauchte Nick. Sein Gesicht rötete sich, als er aufsprang. Phoebe hatte noch nie erlebt, dass er so viel Gefühl zeigte. »Niemand zieht an den Fäden eines Gerrard.«

Eine Sekunde später gab er ein kurzes Lachen von sich, nahm wieder auf seinem Stuhl Platz und streckte scheinbar völlig entspannt die Beine aus. »Ein Treffer für Sie«, gab er zu. »Das war gerissen von Ihnen. Sehr gut gemacht. Aber ein Treffer gewinnt noch keine Schlacht, Phoebe. Er gewinnt nicht einmal einen Kampf. Vor allem, da Sie ganz auf sich allein gestellt sind.«

Wieder spürte Phoebe Nicks Blicke auf ihrem Gesicht. »Ihre Schwestern können Ihnen hier nicht helfen«, sagte er.

Nun, damit wird mir einiges klar, dachte Phoebe, während sie sich bemühte, ihre Enttäuschung zu verbergen. Sie war definitiv hier, weil sie eine *Zauberhafte* war. Nicht nur das, soeben waren ihre schlimmsten Befürchtungen, was die Frage anging, wo sie sich befand, bestätigt worden. Es gab nicht viele Orte, an denen ihre Schwestern Probleme haben würden, ihr zu helfen.

Einer davon war die Unterwelt.

»Warum haben Sie mich ausgesucht?«, wollte sie wissen. »Warum nicht Paige oder Piper?«

»Sie haben nicht das, was ich will. Sie schon«, erklärte Nick schlicht.

Phoebe spürte, wie ihr ein kalter Schauer über den Rücken lief. Sie war so daran gewöhnt, selbst ein Ziel zu sein, dass sie völlig vergessen hatte, dass sie auch noch einem anderen Zweck dienen konnte, nämlich als Köder für jemand anderen.

»Cole«, sagte sie. »Er ist es, hinter dem Sie her sind. Das mit dem Energieblitz durch die Brust hat wohl nicht funktioniert? Also haben Sie sich einen neuen heimtückischeren Plan einfallen lassen.«

»Ich spreche lieber von einem menschlicheren Plan«, erwiderte Nick Gerrard. »Das ist es doch, was Cole jetzt ist, nicht war? Alles, was er ist. *Menschlich*.«

Phoebe konnte den Hohn in Nicks Stimme hören. Verzweifelt versuchte sie ihre Angst um Cole zu unterdrücken. Nicks Verhalten verriet ihr etwas. Etwas sehr Wichtiges. Und sie musste sich konzentrieren, um dahinter zu kommen, worum es sich dabei handelte.

»Er hat es für Sie getan, nicht wahr?«, fuhr Nick fort. »Seine Kräfte aufgegeben, meine ich, sich schwach gemacht. Er wird natürlich trotzdem versuchen, Sie zu retten. Verraten Sie mir etwas, Phoebe. Wenn er scheitert – wenn er vor Ihren Augen vernichtet wird –, werden Sie sich dann dafür verantwortlich fühlen?«

»Nein«, flüsterte Phoebe, als sie vorübergehend die Kontrolle über ihre Furcht verlor.

»Nein, Sie werden sich nicht verantwortlich fühlen – oder nein, Sie denken nicht, dass er seiner Vernichtung entgegengeht?«, hakte Nick nach. »Aber natürlich macht das keinen Unterschied.«

Phoebe sah in Nicks offenes, jungenhaftes Gesicht, das das völlige Gegenteil von dem Gesicht des Mannes war, den sie liebte. »Warum tun Sie das?«, fragte sie. »Und sagen Sie mir nicht, es ist der Wille Ihres Meisters. Es gibt einen anderen Grund dafür, einen persönlichen Grund. Was ist es? Ich will es wissen.«

»Ich will ihm eine Lektion erteilen!«, rief Nick Gerrard. Ohne Vorwarnung sprang er auf und lief im Zimmer auf und ab. Das Geräusch seiner harten Schuhsohlen klang auf dem polierten Boden wie Schüsse. »Ich will ihm die Wahrheit offenbaren, bevor mein Meister ihn von seinem elenden Leben erlöst.«

Ich habe definitiv einen wunden Punkt getroffen, dachte Phoebe. Schade, dass sie noch immer nicht wusste, wo genau dieser lag. »Und was ist die Wahrheit, Nick?«, fragte sie. Du musst ihn dazu bringen, dass er weiterredet, ermahnte sie sich. Nicht nur Coles Leben konnte von dem abhängen, was Phoebe von Nick erfuhr, sondern auch ihr eigenes.

»Ist das nicht offensichtlich?«, fragte Nick mit triumphierender Miene, als hätte ihm Phoebes Frage die Gelegenheit geliefert, auf die er gehofft hatte. »Die Liebe ist eine Lüge. Cole hatte alles, als er ein Dämon war. *Alles*. Und gegen was hat er es eingetauscht? Gegen nichts. So etwas wie Liebe existiert nicht.«

»Das ist nicht wahr«, widersprach Phoebe unwillkürlich. »Sie irren sich.«

Nick warf den Kopf zurück und lachte. Es klang bitter und voller Schmerz. Phoebe fragte sich, ob ihm dies bewusst war.

»Seien Sie nicht naiv. Natürlich stimmt es. Denken Sie, ich erkenne eine Illusion nicht, wenn ich sie sehe? Aber Sie kennen mich noch nicht gut genug, nicht wahr? Sie nennen mich Nick, doch das ist nur meine äußere Gestalt. Ja, ich war einst ein Mann namens Nick Gerrard. Aber jetzt bin ich viel mehr, und all das habe ich der so genannten Liebe zu verdanken.«

Nick vollführte einen kunstvollen, formvollendeten Kratzfuß. »Erlauben Sie, dass ich mich Ihnen vorstelle«, sagte er. »Ich bin Täuschung. Die Verkörperung der Illusion. Ich weiß alles über Lügen und Vorspiegelungen. Daher weiß ich, dass die Liebe eine Illusion ist. Und Sie werden mir helfen, dies zu beweisen, Phoebe. Ihr Verrat wird Coles letzte Erfahrung vor dem Tod sein.«

12

»Okay«, sagte Piper. Sie rieb sich in nervöser Erwartung die Hände. »Wir haben alles, was wir brauchen. Wir sind bereit, richtig?«

»Richtig«, bestätigte Paige.

»Bereit«, stimmte Leo zu.

Beide nickten ernst und traten einen Schritt näher an den Tisch auf dem Dachboden heran, auf dem Piper die Dinge ausgelegt hatte, die sie für den Suchzauber benötigten. Es gab keinen bestimmten Grund, den Zauber auf dem Dachboden zu wirken, aber Piper hegte eine gewisse Vorliebe für diesen Ort. Vor allem, wenn sie etwas vollkommen Neues probierte.

Außerdem wurde das *Buch der Schatten* auf dem Dachboden aufbewahrt. Auf diese Weise fühlte sich Piper enger mit ihrer Hexengeschichte verbunden. Schließlich hatte der Dachboden den zusätzlichen Vorteil, dass sie dort oben abgeschottet sein würde. Sie konnte es sich nicht leisten, mitten in dem wichtigsten Suchzauber, den sie je gewirkt hatte, von irgendeinem Vertreter gestört zu werden, der an der Tür klingelte.

Bei früheren Suchzaubern hatte Piper lediglich Informationen über die Position eines Dämons in der Oberwelt sammeln wollen. Der Welt, in der sie mit ihren Schwestern und ihrem Mann lebte. Dabei hatte sie oft auf Dinge wie Stadtpläne zurückgreifen können. Doch da Cole kein Dämon mehr war und Orte bereisen würde, für die es keine Karten gab, hatte sich Piper für eine ... elementarere Vorgehensweise entschieden.

»In Ordnung«, sagte sie und holte tief Luft. »Cole müsste inzwischen auf dem Friedhof sein. Ich sage, es ist Zeit, dass die Show beginnt. Je früher wir anfangen, desto früher werden wir Phoebe nach Hause zurückholen können, wo sie hingehört.«

»Absolut«, stimmte Paige zu.

»Okay«, sagte Piper. »Es geht los.«

Sie trat an den Tisch und stellte sich instinktiv vor seine Mitte. Paige und Leo flankierten sie auf jeder Seite. Mit beiden Händen hob Piper ihre Lieblingstonschüssel vom Tisch auf. Früher einmal hatte sie Gram gehört. Sie hatte die Schüssel von einer Reise an die Ostküste nach San Francisco mitgebracht. Sie stammte von der ältesten Töpferei des Landes und bestand aus der kräftigen Tonerde des Staates Vermont.

Ich hoffe, es funktioniert, dachte Piper.

Um zu sehen, was in der Unterwelt vorging, hatte sich Piper entschlossen, bei ihrem Suchzauber die vier Elemente zu beschwören, die überall gegenwärtig waren. Selbst in der Unterwelt. Auch das Böse brauchte sie für seine Existenz. Die Elemente waren die Essenz alles Existierenden an sich. Die Schüssel stand für das erste Element, das sie beschwören würde. »Erde!«, sagte Piper laut.

Dann stellte sie die Schüssel zurück in die Mitte des Tisches. »Wasser!«, rief Piper jetzt.

Leo an ihrer Seite goss stilles Mineralwasser in die Tonschüssel.

Wenn das die Leute wüssten, die Evian abfüllen, dachte Piper. »Feuer!«

An ihrer anderen Seite zündete Paige mit einem Streichholz eine große weiße Kerze an. Der Schwefelgeruch stach Piper in die Nase. Sie stellte zufrieden fest, dass die Kerzenflamme regelmäßig und rein brannte.

Jetzt war nur noch ein Element übrig. »Luft!«, deklamierte Piper.

Sie und Paige beugten sich über die Schüssel und bliesen in das Wasser, sodass winzige Wellen entstanden. Piper spürte, wie sich hinter ihren Augen ein Druck aufbaute. Ihr Nacken prickelte wie vor einem Gewitter. Die Luft auf dem Dachboden fühlte sich heiß und stickig an.

Jetzt wiederholte Piper ihre Beschwörung und baute die vier Elemente in ihren Suchzauber ein.

»Erde, Wasser, Feuer, Luft,
Helfen mir bei meiner Such'.
Zeigt mir Cole in der Unterwelt
Und was sich ihm entgegenstellt.«

Sobald Piper fertig war, warf Paige wie vereinbart die brennende Kerze ins Wasser, während Piper Coles Knopf in die mit Wasser gefüllte Schüssel fallen ließ. Mit einem scharfen Zischen erlosch die Kerzenflamme. Eine einzelne Rauchspirale schraubte sich in die Höhe. Einen Augenblick lang sah Piper den Knopf zum Boden der Schüssel sinken.

Dann, ohne Vorwarnung, wurde die Wasseroberfläche tintenschwarz. Das Wasser sprudelte und schwappte wie ein See im Griff eines heftigen Sturmes. Der Tisch, auf dem die Schüssel stand, erbebte plötzlich. Piper fühlte sich an die Spezialeffekte während einer Séance im Film erinnert. Die Luft auf dem Dachboden wurde so stickig, dass sie spürte, wie zwischen ihren Schulterblättern der Schweiß perlte.

Dann, so plötzlich, wie sie begonnen hatte, war die Störung vorbei. Die Oberfläche des Wassers beruhigte sich wieder, wurde glatt und klar. Piper beugte sich über die Schüssel und starrte in ihre Tiefen. Ihr eigenes Spiegelbild erwiderte ihren Blick.

Nichts, dachte sie verzweifelt.

Sie hob den Kopf und sah Leo in die Augen.

»Schau weiter hinein«, ermutigte er sie mit leiser Stimme.

Piper richtete ihre Aufmerksamkeit wieder auf das Wasser. In der Zeitspanne, in der sie ihren Blick abgewandt hatte, schien sich die Struktur des Wassers verändert zu haben. Jetzt täuschte es ihre Augen. Es war noch immer flüssig, bestand aber trotzdem aus mehreren Schichten. Wie viele es waren, konnte Piper nicht erkennen. In ihren Tiefen trieben Bilder, verschwommen und unscharf. Zuerst langsam, dann immer schneller, schienen sie vor Pipers Augen miteinander zu verschmelzen.

Ich habe es geschafft. Es funktioniert doch, dachte sie.

Abrupt wurden die Bilder scharf, als hätte soeben eine kosmische Hand eine Kameralinse justiert. Piper hörte, wie Paige an ihrer Seite Luft holte.

»Da ist er!«, sagte Paige. »Ich kann ihn sehen. Da ist Cole.«

Cole stand auf dem Friedhof und hielt das Kazoo in einer Hand. Er wusste nicht, ob er sich jemals lächerlicher vorgekommen war.

Er sagte sich, dass seine Demütigung ein Teil von Täuschungs Plan sein musste. Es war, als würde man beim Tennis von seinem Gegner auf dem falschen Fuß erwischt. Oder einem Läufer beim Start ein Bein stellen.

Es war ziemlich schwer, sich selbst ernst zu nehmen, wenn man seinen Führer in die Unterwelt nicht mit etwas so Kühnem und Einschüchterndem wie einer Trompete, sondern mit einem Instrument beschwören musste, dessen Klang an ein lautes Schnauben erinnerte.

Komm drüber hinweg, Cole, ermahnte er sich. Dies ist kaum der richtige Zeitpunkt, um an dein Image zu denken.

Er hob das Kazoo an die Lippen und blies so heftig er konnte hinein.

Der Lärm scheuchte einen Schwarm Krähen auf. Sie flogen kreischend in die Luft, das Rauschen ihrer Flügel und ihr raues, heiseres Krächzen hallten über den Friedhof.

Als der Himmel wieder klar war, war Cole nicht mehr allein.

Vor ihm stand der älteste Mann, dem er je begegnet war. Er wirkte so alt, dass selbst Cole, der viele Dinge gesehen hatte, nicht einmal raten wollte, wie viele Jahre er zählen mochte. Der Greis trug ein einfaches Hemd, eine grobe Wollhose und Sandalen. Sein Rücken war gebeugt, seine Hände verkrümmt, eine Folge der Äonen, in denen er zwei Ruder umklammert hatte.

Charon, der Fährmann – dessen Aufgabe es war, die Seelen der eben Verstorbenen in das Reich der Toten zu bringen. In seinem runzligen Gesicht brannten Augen, die so scharf und klar wie die eines Zwanzigjährigen waren. Sie nahmen begierig die Umgebung in sich auf und wanderten dann zu Cole.

»Seit Jahrhunderten mein erster Blick auf die Welt der Lebenden«, sagte er mit einer Stimme so trocken wie Kreidestaub. »Und wo lande ich? Auf einem Friedhof.«

Cole unterdrückte ein hilfloses, frustriertes Lachen. Offenbar hatte das Universum Sinn für Humor. Zu schade, dass weder er noch Charon die launige Bemerkung zu schätzen wissen schienen.

»Tut mir Leid«, sagte er. »Das ist wahrscheinlich meine Schuld. Ich dachte, du würdest dich an diesem Ort besonders wohl fühlen.«

Charons buschige Augenbrauen schossen hoch. »Ich sehe immer nur tote Menschen. Da hätte mir eine kleine Abwechslung gut gefallen. Natürlich gehörst du, soweit ich feststellen kann, noch zu den Lebenden, also muss ich dich vermutlich mitzählen. Was ist dein Begehr?«

»Es geht um eine Rettungsmission«, erklärte Cole. »Meine Freundin ist in der Unterwelt, und ich muss sie herausholen.«

Charon schüttelte den Kopf. »Ein Orpheus-Komplex, hm? Bedauerlich. Du scheinst sonst ganz in Ordnung zu sein. Ich vermute, es wird nichts an deinem Plan ändern, wenn ich erwähne, dass nicht einmal Orpheus das vollbracht hat, was du versuchen willst?«

»Ich werde mich nicht umsehen, wenn ich die Unterwelt verlasse. Du kannst dich in dieser Hinsicht auf mich verlassen«, antwortete Cole. »Außerdem bin ich nicht der Einzige, der noch am Leben ist – Phoebe ist es auch. Sie wird gegen ihren Willen gefangen gehalten.«

»Nun ja, das ist etwas anderes«, meinte Charon. »Nicht, dass deine Chancen dadurch steigen würden. Sobald jemand – ob nun lebend oder tot – die Unterwelt betreten hat, wird es ihm schwer fallen, sie wieder zu verlassen. Natürlich nur, wenn man kein Dämon ist. Diese Typen gehen hier ständig ein und aus.«

»Ich weiß das alles«, erklärte Cole und hatte Mühe, seine Ungeduld zu zügeln. Er konnte es sich nicht leisten, diesen Burschen zu verärgern, der ihm als Einziger Zugang zu Phoebe verschaffen konnte.

Charon legte den Kopf zur Seite. »Das dachte ich mir«, sagte er sinnierend. Seine hellen, jungen Augen studierten Cole. »Du bist derjenige, nicht wahr?«

»Derjenige, der was?«

»Derjenige, über den alle reden. Du bist der Mann, der einst ein Dämon war, aber seine Kräfte für die Liebe aufgegeben hat. Das hat dort, wo wir hinwollen, alle möglichen Wesen wütend gemacht, das kann ich dir sagen.«

»Ich weiß.«

Charon legte erneut den Kopf zur Seite. »Bist du sicher, dass du noch immer gehen willst?«

»Absolut«, bestätigte Cole.

»Du hast es ja schrecklich eilig, deinem Schicksal zu begegnen«, stellte Charon fest.

»Falsch«, antwortete Cole knapp. »Ich habe es schrecklich eilig, die Frau zu retten, die ich liebe. Ich weiß, dass sie auf mich wartet. Ich gehe auf jeden Fall. Ende der Geschichte. Können wir jetzt aufbrechen?«

»Wow«, machte Charon. Seine Augen bekamen einen Ausdruck, der, so hätte Cole schwören können, Belustigung ausdrückte.

»Du hast es wirklich schwer, Junge. Ein Orpheus-Komplex kombiniert mit einem Helden-Komplex und vielleicht einem kleinen Todeswunsch. Sehr beeindruckend. Ich habe noch nie einen wie dich übergesetzt. Ich nehme alles zurück. Vielleicht hast du doch eine Chance. Mit etwas Hilfe von deinen Freunden. Vorausgesetzt, dass du welche hast.«

»Ich habe welche«, sagte Cole.

»Es freut mich, das zu hören«, nickte Charon. Er grinste plötzlich und entblößte perfekte weiße Zähne. »Um die Wahrheit zu sagen, ich würde es begrüßen, wenn diese Dämonen mal einen Dämpfer verpasst bekämen«, vertraute er ihm an. »Sie verschaffen der Unterwelt einen schlechten Ruf. Okay, Sohn. Du erzählst mir unterwegs, wer deinen Schatz entführt hat, und ich werde sehen, ob ich dich zu einer Stelle bringen kann, wo du sicher bist. In den Vorschriften steht nichts, das mir das verbietet.«

Cole spürte eine zweite Welle der Hoffnung. Dies war genau das, was ein Dämon niemals tun würde: einem anderen Wesen helfen, ohne selbst einen Vorteil daraus zu ziehen. Aber es war eine sehr menschliche Reaktion, erkannte Cole plötzlich. Vielleicht war es am Ende doch kein solcher

Nachteil, in der Unterwelt ein Mensch zu sein. »Danke«, sagte er.

»Keine Ursache«, wehrte Charon ab. »Hast du das Fahrgeld? Ich mache das hier nicht umsonst, weißt du.«

Cole nahm den Penny aus seiner Tasche und schnippte ihn dem Fährmann zu. Charon musterte ihn und verzog das Gesicht. »Immer dasselbe«, bemerkte er verdrießlich. »Nicht eine Erhöhung in all den Jahren, kannst du das glauben? Nicht einmal, um die gestiegenen Lebenshaltungskosten abzudecken.«

»Ich schätze, das ist das Berufsrisiko, wenn man mit den Toten arbeitet«, meinte Cole.

Charon warf den Kopf zurück und gab ein bellendes Lachen von sich. »Der war gut. Ich könnte mich definitiv daran gewöhnen, dich zu mögen, Sohn. Bist du bereit?«

So bereit, wie ich nur sein kann, dachte Cole und nickte.

»Okay, los geht's«, sagte Charon.

»*Nein!*«, rief Phoebe mit Nachdruck. »Nein, Nick. Sie irren sich. Ich werde Cole niemals verraten.«

»Nicht Nick«, korrigierte er. »Nick Gerrard war nur ein Mensch. Jetzt bin ich Täuschung. Ich schlage vor, Sie gewöhnen sich an die Tatsache, dass Sie eine Weile hier bleiben werden. Und fürs Protokoll, Phoebe, Sie haben Cole bereits verraten. Was meinen Sie, warum Sie hier gelandet sind?«

»Wegen Ihrem heimtückischen, hinterlistigen kleinen Trick. Ihrer *Illusion*«, schrie Phoebe fast. »Das zählt nicht. Es ist nicht dasselbe, und das wissen Sie. Ich würde Cole niemals wissentlich verraten.«

»Wir werden sehen, nicht wahr?«, sagte Täuschung mit einem selbstgefälligen Grinsen, in das Phoebe am liebsten hineingeschlagen hätte. Stattdessen ballte sie die Fäuste an den Seiten.

»Da wir gerade von ihm sprechen ... Sie möchten ihn bestimmt gerne sehen, nicht wahr? Sie möchten gerne sehen, wie Cole seinen zum Scheitern verurteilten Rettungsversuch unternimmt. Oh, ja«, fuhr Täuschung fort, als Phoebe unwillkürlich einen entsetzten Laut von sich gab. »Er kommt, um Sie zu holen, Phoebe. Um genau zu sein, er sollte bereits auf dem Weg sein ... *jetzt!*«

Er machte eine plötzliche Handbewegung. Phoebe zuckte zusammen, als die Kerzen erloschen. Bevor sich ihre Augen an die Dunkelheit gewöhnen konnten, leuchteten die dicken roten Vorhänge zwischen den Kerzenhaltern auf. Dann teilten sie sich zu Phoebes Erstaunen wie Theatervorhänge.

Er beherrscht definitiv die Bühne, dachte sie. Als würden sie und Cole zu seinem Vergnügen in einem Theaterstück mitspielen. Der Gedanke brachte ihr ohnehin erhitztes Blut zum Kochen. Mit anzusehen, wie Cole verzweifelt um sein Leben kämpfte, entsprach nicht unbedingt ihrer Vorstellung von Unterhaltung.

Phoebe hielt ihre Augen auf die imaginäre Bühne gerichtet. Einen Moment lang war alles dunkel. Dann sah Phoebe, dass sich die Bühne mit Nebel füllte.

Der Nebel, dachte sie. Gab es ein besseres Mittel, um eine Illusion zu erzeugen? Alle möglichen Dinge ergaben allmählich einen Sinn. Und alle hatten sie mit dem Wesen zu tun, das darauf bestand, dass sie es Täuschung nannte.

Er machte eine zweite Handbewegung, und der Nebel legte sich, waberte dicht über dem Boden. Dann schälten sich Gestalten aus der Dunkelheit vor Phoebes Augen. Zwei Männer in einem kleinen Ruderboot. Obwohl sie ihr den Rücken zuwandten, konnte Phoebe erkennen, dass ein Mann alt und der andere jung war.

Der alte Mann beugte sich über ein Paar Ruder. Trotz seines hohen Alters waren seine Schläge kräftig und regelmäßig. Der junge Mann kniete im Bug des Ruderboots und spähte nach vorn, als würde er zu erkennen versuchen, wohin sie fuhren.

Dann hatte Phoebe den Eindruck, dass der jüngere Mann etwas sagte, und während er sprach, drehte er sich um. Phoebes Herz machte einen großen Sprung, als sie seine Züge erkannte.

Cole, dachte sie. *Cole!*

Gott sei Dank kam er, um sie zu retten.

Warum in aller Welt war er nicht zu Hause geblieben?

13

»ES FUNKTIONIERT!«, RIEF PAIGE AUFGEREGT. »Piper, es funktioniert! Da ist er. Da ist Cole.« Sie beugte sich über die Schüssel und hielt ihr Gesicht dicht ans Wasser.

»Sei vorsichtig, Paige. Wenn du das Wasser berührst, wirst du den Zauber brechen«, warnte Leo.

»Richtig. Okay. Tut mir Leid«, sagte Paige und richtete sich wieder auf. Sie verschränkte die Hände auf dem Rücken wie ein Schulmädchen, das dabei erwischt worden war, wie es einen Keks aus der Keksdose stibitzte. »Ich schätze, ich habe mich einen Moment lang von meinen Gefühlen mitreißen lassen. Aber ich meine – da ist er! Da ist Cole! Das ist ein gutes Zeichen für unsere Seite, nicht wahr?«

»Richtig«, bestätigte Piper. Jetzt, da der Zauber funktionierte, wurde ihr bewusst, wie erschöpft sie war. Leo hatte Recht, dachte sie. Mit einem Suchzauber die Unterwelt auszukundschaften kostete enorme Energiereserven.

Ein Grund mehr, die Energie, die sie noch hatte, in den Zauber zu investieren. »Ich bin auch aufgeregt, Schätzchen«, sagte sie zu Paige. »Aber ich denke, wir sollten uns alle beruhigen und uns auf Cole konzentrieren. Auf diese Weise werden wir ihm eher helfen können, wenn er uns braucht.«

»Du hast Recht. Okay, ich weiß ja, dass du Recht hast«, entgegnete Paige. »Aber ich muss noch eines sagen.«

»Was?«

Paige legte einen Arm um Pipers Schultern und drückte sie kurz an sich. »Du bist absolut großartig.«

»Wir«, korrigierte Piper und erwiderte Paiges Umarmung. »Du meinst *wir.*«

Es mochte in der Anfangszeit ihrer Beziehung Momente gegeben haben, in denen sie Paiges Fähigkeit, ihre Verantwortungen ernst zu nehmen, angezweifelt hatte, aber in dieser Hinsicht hatte sie sich gründlich geirrt.

Schwestern, dachte Piper. Jetzt und immer.

Durch die Tränen, die plötzlich ihr Blickfeld zu trüben drohten, hielt Piper den Blick auf das Wasser gerichtet, auf das Bild des Mannes, der sie und die Halbschwester, die an ihrer Seite stand, mit jener wieder vereinigen würde, die entführt worden war.

»Wie lange noch?«, fragte Cole und drehte sich im Bug des Ruderboots zu Charon um.

Während des ersten Teils der Reise hatte er berichtet, wer Phoebe entführt hatte und warum. Das hatte nicht allzu lange gedauert, aber das hatte Cole nicht an der Hoffnung gehindert, dass sie ihr Ziel bald erreichen würden. Das Wissen, dass Phoebe gegen ihren Willen festgehalten wurde, war wie eine Krankheit, die ihn von innen her auffraß.

»Wir kommen dort an, wenn wir dort ankommen«, antwortete der Fährmann gelassen, obwohl sein Ton durchaus mitfühlend war. »Wenn du einer meiner normalen Passagiere wärest, würde ich dir sagen, dass die Länge der Reise und der Ort, wo wir landen, von dem Leben bestimmt wird, das du geführt hast. Bei dir trifft das allerdings nicht ganz zu.«

Cole gab einen frustrierten Laut von sich. Was ist nur mit diesen übernatürlichen Typen los?, fragte er sich. Sie schienen immer in Rätseln zu sprechen. Selbst Leo machte das manchmal. »Tut mir Leid, dass ich gefragt habe«, murmelte er. »Obwohl ich denke, dass das dazu gehört.«

Charon grinste. »Du begreifst schnell.«

Cole wandte sich wieder ab und blickte über das Wasser. Er hatte noch nie so etwas wie das Wasser gesehen, auf dem er und Charon fuhren. Es war völlig glatt. Völlig dunkel. Nicht einmal das Boot schien die Oberfläche zu kräuseln. Und es reflektierte nichts. Nicht einmal Coles Gesicht, als er sich über den Bootsrand beugte. Er streckte prüfend die Hand aus.

»Ich an deiner Stelle würde das nicht tun«, warnte Charon.

Cole zog seine Hand wieder zurück, bevor sie das Wasser berührte. »Warum nicht?«

Charon zuckte die Schultern. »Manche Dinge muss man einfach in Ruhe lassen. Außerdem ist dieser Ort nicht gerade für die Lebenden erschaffen worden.«

»Und was genau ist dies für ein Ort?«, erkundigte sich Cole. »Ich meine, ich kenne den Mythos. Der Fluss Styx. Aber es steckt noch mehr hinter diesem Ort, nicht wahr? Ich kann es fühlen. Da ist ... noch etwas anderes.«

»Sehr gut«, antwortete Charon. »Nicht viele meiner Passagiere erkennen das, aber die haben auch andere Dinge im Sinn. Um es einfach auszudrücken, dies ist die Leere. Der Raum zwischen der Oberwelt und der Unterwelt. Du hast sie wahrscheinlich nicht einmal bemerkt, als du ein Dämon warst. Diese Typen zappen sich direkt hindurch. Davon abgesehen ist die Leere für die Dämonen ein Ort wie jeder andere. Sie ist nicht wirklich wichtig.

Aber für die Sterblichen sieht das ganz anders aus. Die Leere ist der Übergang, der Ort, wo sie erstmals mit der Tatsache konfrontiert werden, dass sie nicht mehr in Kansas sind. Das Boot und das Wasser sind nur Illusionen, die dazu dienen, die Passage benutzerfreundlicher zu gestalten, könnte man sagen.«

»Was ist mit dir?«, wollte Cole wissen, während er

Charon etwas genauer betrachtete. Trotz des Zeitdrucks, unter dem er stand, war er zugegebenermaßen fasziniert von ihm.

»Für mich gilt dasselbe«, nickte Charon. »Man könnte sagen, dass ich das Gesicht der Leere bin. Wir existieren, mein Boot und ich. Wir sind real. Aber das ist die Leere auch. Wir haben eine Art Abkommen im gegenseitigen Einvernehmen getroffen. Einen ewigen Status quo vereinbart. Ich kümmere mich nicht um die Leere, die Leere kümmert sich nicht um mich. Deshalb würde ich es zu schätzen wissen, wenn du die Hände im Boot behältst, Sohn. Deine Anwesenheit hier ist schon Störung genug.«

»Weil ich lebe, meinst du«, sagte Cole.

Charon nickte. »Und weil du der bist, der du bist. Du magst kein Dämon mehr sein, aber du verfügst noch immer über eine gewisse Macht. Diese Wahl, die du getroffen hast, hat hier unten für einige Aufregung gesorgt.«

Abrupt, ohne erkennbaren Grund, änderte Charon seine Ruderschläge. Und das Boot bewegte sich in eine andere Richtung.

»Wir sind fast da«, erklärte der Fährmann.

»Wo wirst du mich absetzen?«, fragte Cole.

»An dem Ort, den sie aller Wahrscheinlichkeit nach am wenigsten überwachen werden. Nicht, dass es deshalb ein Spaziergang im Park werden würde. Aber zufälligerweise ist die Stelle nicht weit von der entfernt, wo sich dein Freund Täuschung niedergelassen hat. Das ist irgendwie interessant.«

»Warum?«, fragte Cole.

»Er will unbedingt beweisen, dass er so böse wie die anderen Dämonen ist, aber er kann nicht ändern, wer er ist. Ganz gleich, wie sehr er es auch versucht. Andererseits denke ich, dass dies auf uns alle zutrifft.«

»Auf einige mehr als auf andere«, erwiderte Cole.

Charon grinste. »Ich schätze, du musst es wissen. Aber du solltest vorsichtig sein, sobald ich dich abgesetzt habe«, fuhr der Fährmann fort. »Dort, wo du hingehst, können die Dinge ein wenig unvorhersehbar sein.«

»Das gehört zum Plan«, versicherte Cole.

Das Boot lief ohne Vorwarnung auf Grund. Cole wurde nach vorne geschleudert und musste sich an den Seiten festhalten.

»Okay, wir sind da«, sagte Charon.

Cole sah nach vorn. Hoffentlich, dachte er. Er konnte absolut nichts erkennen. »Bist du sicher?«, fragte er.

Der Fährmann grinste erneut. »Vertrau mir. In dem Moment, in dem deine Füße den Boden der Unterwelt betreten, wirst du deinen Weg finden können. Du kannst nichts sehen, weil du noch ein Teil der Leere bist. Steig einfach aus dem Boot, und alles wird sich von selbst ergeben.«

Cole streckte eine Hand aus, die im nächsten Moment von Charon ergriffen wurde. Der Griff des alten Mannes war fest und sicher, obwohl seine Hände die kältesten waren, die Cole je berührt hatte. Als der Händedruck endete, stellte Cole überrascht fest, dass dem anderen Mann Tränen in den Augen standen.

»Viel Glück«, sagte Charon barsch.

»Danke«, nickte Cole. Er drehte sich wieder um. Vorsichtig hob er einen Fuß und balancierte im Ruderboot. »Und ich muss nur aussteigen, wie?«

»Das wird genügen«, bestätigte Charon. »Aber da ist noch eine Kleinigkeit, die du für mich tun könntest, wenn du möchtest.«

»Worum geht es?«, fragte Cole, als er sich ein letztes Mal zu Charon umdrehte.

»Du kannst diese schleimigen Frauenentführer an die Wand nageln.«

»Ich werde mein Bestes tun«, versprach Cole.

»Ausgezeichnet«, sagte Charon. »Nun, steh nicht herum. Sie wartet auf dich, nicht wahr? Geh.«

Cole wandte sich ab. Er hob ein Bein, streckte es aus und stellte den Fuß ab. Erleichterung durchlief ihn, als er festen Boden berührte.

»Denk daran«, hörte er Charons Stimme sagen. »Sieh dich nicht um. Sieh immer nach vorn.«

»Ich werde daran denken«, versprach Cole. Dann hob er den anderen Fuß und platzierte ihn neben dem ersten. Jetzt stand er mit beiden Füßen fest auf dem Boden der Unterwelt. Fast glaubte er in seinem Rücken eine Tür zufallen zu hören. Obwohl er sich auf keinen Fall umdrehen würde, war sich Cole sicher, dass er, wenn er es doch täte, keine Spur von Charon mehr entdecken würde.

Einen Moment blieb Cole reglos stehen und konzentrierte sich auf seine Atmung. Dann schälte sich um ihn, wie Charon versprochen hatte, langsam die Unterwelt aus der Finsternis. Was nicht hieß, dass es wesentlich heller wurde. Dieser Teil der Unterwelt zumindest schien in ewige Dämmerung gehüllt zu sein. Es war mehr so, dass Coles Fähigkeit, sich in der Dunkelheit zu orientieren, mit jeder verstreichenden Sekunde zunahm.

Cole kniete nieder. Er nahm eine Hand voll Erde und ließ sie zwischen seinen Fingern hindurch zu Boden rieseln.

Sand, dachte er. Jetzt wusste er, wo Charon ihn abgesetzt hatte. An einem Ort, den selbst die Dämonen mieden.

Die Ödnis.

Um Phoebe zu erreichen, musste Cole sie durchqueren.

Nun, dann nichts wie los, dachte er. Er richtete sich auf, hob einen Fuß, stellte ihn wieder ab und wartete, bis er sicher war, dass der Boden sein Gewicht tragen würde, bevor er dasselbe mit dem anderen machte. Er hatte keine Ahnung, wie lange er brauchen würde, um die Ödnis zu durchqueren. Es spielte keine Rolle, also hatte es auch keinen Sinn, darüber nachzudenken. Wichtig war nur, dass Phoebe irgendwo auf der anderen Seite war. Das bedeutete, dass Cole marschieren würde, bis er das Ende der Ödnis erreichte oder bei dem Versuch zusammenbrach.

Um seine Kräfte zu schonen, bewegte er sich in einem langsamen, regelmäßigen Rhythmus.

Halte durch, Phoebe, dachte er. Ich komme.

14

*D*ie Macht der Finsternis war nicht erfreut.

»Was soll das heißen, er ist hier?«, knurrte sie den Diener an, der vor ihr kauerte. »Wenn er hier ist, warum wurde er dann nicht zu mir gebracht?«

Der Dämonendiener murmelte etwas Unverständliches. Seine Schnauze war gegen den Boden gepresst, wodurch er noch schwerer zu verstehen war als gewöhnlich.

»Oh, hoch mit dir!«, fauchte die Macht der Finsternis. Sie machte eine Handbewegung und schleuderte den Dämon durch die Luft und hinaus in den nächsten Gang. Ein feuchtes *Platsch* ertönte, als der Flug des Dieners an der Wand endete.

Die Macht der Finsternis achtete nicht darauf. Zornig vor sich hin murmelnd schritt sie durch den Raum zu einem Kohlenbecken, griff mit der bloßen Hand hinein und wühlte in den Kohlen. Dann nahm sie eine Hand voll schwarzen Pulvers und warf sie in die Glut. Sofort stieg beißender Rauch auf und hing in der Luft, als würde er auf Anweisungen warten.

Die die Macht der Finsternis gerne erteilte.

Es gab eine Reihe von Dingen, die sie unbedingt wissen wollte – angefangen bei der Frage, warum der eine Diener, der sie über Coles Ankunft hätte informieren müssen, es nicht getan hatte.

»Zeig mir Täuschung«, brüllte die Macht der Finsternis.

»Er hat es geschafft. Er hat es wirklich geschafft«, sagte Piper. Sie schwankte leicht, als ihre Erleichterung sie ein wenig schwindlig machte. »Gute Arbeit, Cole.«

»Jetzt muss er nur noch Phoebe finden, richtig?«, warf Paige ein.

»Richtig«, bestätigte Piper. Mal davon abgesehen, dass er alle möglichen Fallen überwinden muss, die die Dämonen ihm stellen werden, fügte sie in Gedanken hinzu, entschloss sich aber, ihre Befürchtung nicht laut auszusprechen. Paiges Tonfall hatte ein wenig zu fröhlich geklungen. Ein wenig zu hoffnungsvoll.

Sie spürt bereits die Belastung, dachte Piper. Und dabei hatten sie gerade erst angefangen. Cole und sie alle hatten noch einen langen Weg vor sich.

Das Bild, das der Suchzauber enthüllte, zeigte Cole, wie er mit langsamen, regelmäßigen Schritten durch eine riesige Wüste marschierte. Während Piper Cole beobachtete, wurde sie von Erschöpfung übermannt. Sie schwankte erneut und griff Halt suchend nach der Tischkante. Sofort spürte sie Leos stützenden Arm im Rücken.

»Was ist los, Piper?«

Piper schüttelte den Kopf, um die Benommenheit zu vertreiben. »Ich bin mir nicht sicher«, gab sie nach einem Moment zu. »Ich habe eine Sekunde eine Art Schwindel gefühlt. Jetzt bin ich nur noch erschöpft. Es ist, als wäre ich viele Kilometer marschiert.«

»Ich hatte schon befürchtet, dass so etwas passieren würde«, sagte Leo. »Ich nehme an, das ist eine Nebenwirkung des Suchzaubers.«

Piper lehnte ihren Kopf an Leos Brust, worauf sie sich sofort viel besser fühlte. »Ich habe noch nie zuvor derartige Nebenwirkungen erlebt.«

»Du hast auch noch nie zuvor versucht, die Unterwelt auszukundschaften«, erinnerte Leo sie. »Das ist schon erschöpfend genug. Aber ich denke, der Zauber zehrt dich so aus, weil er dich irgendwie mit Cole verbunden hat.«

»Du meinst, ich fühle, was er fühlt?«, fragte Piper.

Sie löste den Kopf von Leos Brust und blickte auf die Bilder von Cole hinunter. Er kämpfte sich gerade einen steilen Hang hinauf. Obwohl er fit war, ging sein Atem stoßweise. Als er den Kamm erreichte, blieb er stehen und beugte sich nach vorn, die Hände auf den Knien, und schnappte nach Luft. Obwohl sie eindeutig flacher atmete als er, spürte Piper ein korrespondierendes Brennen in der Lunge.

»Ja«, antwortete Leo. »Offensichtlich nicht mit derselben Intensität. Aber ich denke, es besteht eine Verbindung.«

»In beiden Richtungen?«, fragte Paige unvermittelt. »Ich meine – kann Piper Cole positive Energie oder so übermitteln?«

Leo schüttelte den Kopf. »Das glaube ich nicht. Pipers Suchzauber zieht Energie aus der Unterwelt zu ihr ab und nicht umgekehrt. Cole ist der Leiter, der Fokus, die Energie wird durch ihn kanalisiert. Was immer ihn gefährdet, könnte auch Piper gefährden.«

»Großartig. Das ist genau das, was wir brauchen«, murmelte Piper.

»Wo ist Cole jetzt, Leo?«, fragte Paige. »Weißt du das?«

»Ich denke schon«, antwortete Leo. »Dieser Ort wird die Ödnis genannt.«

»Und was genau ist das?«, hakte Piper nach.

»In etwa das, was der Name andeutet«, erwiderte Leo. »Die Toten, die dort wohnen, sind dorthin gekommen, weil sie ihr Leben verschwendet haben. Sie hatten die Chance, Gutes zu tun, etwas zu bewirken, und sie haben sie nicht genutzt. Nach dem Tod werden sie in die Ödnis geschickt. Ein Ort, an dem sie über die Leere ihres früheren Lebens nachdenken können und sonst nichts.«

»Darum sieht es dort wie in einer Wüste aus«, sagte Paige.

Leo nickte. »Genau.«

»Aber was werden die Toten tun, wenn sie einem Lebenden begegnen?«, überlegte Piper laut.

»Gute Frage«, gab Leo zurück. »Das lässt sich schwer sagen. Sie könnten Cole helfen, um Buße zu tun. Sie könnten aber auch versuchen, ihn zu vernichten. Oder sie könnten so mit ihrem eigenen Elend beschäftigt sein, dass sie seine Anwesenheit nicht einmal bemerken. Das lässt sich unmöglich vorhersehen. Wir können nur beobachten und das Beste hoffen.«

»Er bewegt sich wieder«, sagte Paige und wies auf Coles Bild. Cole richtete sich auf und kletterte den Hang hinunter.

Einen kurzen Moment schloss Piper die Augen. Sie war müde, furchtbar müde. Und wenn das, was sie fühlte, nur ein Bruchteil von dem war, was Cole empfand ...

Es ist hoffnungslos, dachte sie und spürte Paiges Hand auf ihrer Schulter.

»Alles wird gut, Piper«, sagte Paige sanft. »Selbst wenn Cole sie nicht spüren kann, müssen wir unsere Kraft bewahren. Wir müssen positiv denken.«

Piper öffnete die Augen. Paige hatte Recht, dachte sie. Sie musste stark sein, sie musste positiv denken.

Du kannst es schaffen, Cole, dachte sie. Wir können es schaffen.

Sie konnten Phoebe finden und sie nach Hause zurückbringen.

15

»DIE ÖDNIS«, BEMERKTE TÄUSCHUNG. »Nun, das ist eine Überraschung. Und Charon hat sich entschieden, ihm zu helfen – das habe ich auch nicht vorhergesehen, wie ich zugeben muss. Das hier könnte sogar noch ... interessanter werden, als ich erwartet habe.«

Oh, großartig, dachte Phoebe. Bei all der Langeweile bisher. Trotzdem, alles, was für Täuschung eine Überraschung darstellte, konnte sich für das Team der *Zauberhaften* als ein Pluspunkt erweisen.

»Sie kennen uns Menschen«, sagte sie laut. »Oder vielleicht auch nicht, wenn ich bedenke, welchen Wert Sie darauf legen, mich davon zu überzeugen, dass Sie ein Übermensch sind. Wir stecken voller Überraschungen.« Phoebe schenkte Täuschung ein schräges Grinsen, das ihm eine Menge Zähne zeigte. »Nur eine freundliche kleine Erinnerung.«

»Ich würde mir an Ihrer Stelle keine Hoffnungen machen«, erwiderte Täuschung, als hätte er ihre Gedanken gelesen. Seine Stimme war ruhig, aber Phoebe bemerkte, wie ihm die Röte in die Wangen stieg, als er sich von dem Bild Coles abwandte, der sich durch die Ödnis kämpfte, um sie zu befreien.

Da ist ... etwas, dachte sie. Es ging dabei um Nicks, Täuschungs, Einstellung zu seiner Menschlichkeit oder zu seinem Mangel an Menschlichkeit. Was hatte er vorhin gesagt? Dass er Cole eine Lektion erteilen und ihm beweisen wollte, dass die Wahl, die er getroffen hatte, falsch war.

Ihre Schweigetaktik machte sich allmählich bezahlt, dämmerte es Phoebe. Je länger Nick redete, desto mehr enthüllte er ihr. Jetzt musste sie nur noch hoffen, dass sie ihn dazu bringen konnte, genug preiszugeben.

»Cole hat also einen Freund gefunden, und der Freund hat ihm einen Gefallen getan«, fuhr Täuschung fort. »Wie schön. Aber es wird ihm am Ende nichts nützen.«

»Das wissen Sie nicht«, konterte Phoebe.

»Sie haben Recht, ich weiß es nicht«, stimmte Täuschung mit verdächtiger Freundlichkeit zu. »Aber lassen Sie uns eine kleine Übung in Sachen Hoffnung gegen Logik machen, einverstanden? Selbst wenn die Wesen in der Ödnis Cole nicht vorher erwischen, muss er Sie noch immer aufspüren und dann lebend mit Ihnen aus der Unterwelt entkommen.

Für wie wahrscheinlich halten Sie das? Die Hälfte der Dämonen hier unten würde nichts lieber tun, als ihn in Stücke zu reißen. Die andere Hälfte würde liebend gern dasselbe mit Ihnen tun. Ich würde sagen, Ihre Chancen stehen ziemlich schlecht.«

»Sie meinen *Ihre* Chancen«, schnappte Paige, obwohl es ihr schwer fiel, die Furcht zu verbergen, die ihr Herz umfing. So ungern sie es auch zugab, Täuschung hatte Recht. Es sah nicht gut für sie aus.

Aber liegt darin nicht der Sinn der Hoffnung?, fragte sich Phoebe. Gibt einem die Hoffnung nicht die Kraft zum Weitermachen, selbst angesichts des scheinbar Unmöglichen? Solange sie hoffte, gab es Hoffnung. Für sie und für Cole.

»Ich hatte schon immer ein Problem mit der Logik«, gestand sie, entschlossen, alles in ihrer Macht Stehende zu tun, um Täuschung den Wind aus den Segeln zu nehmen. Lenke ihn weiter ab, ermahnte sie sich. Sorge dafür, dass er weiterredet. Sein Tonfall und seine Miene bargen eine Selbstgefälligkeit und Sicherheit, die Phoebe in Wahrheit in Wut versetzten. Sie sehnte sich danach, ihm einen Dämpfer zu verpassen. Wenn nicht mehr.

»Das Problem mit der Logik ist, dass sie am besten in einem Vakuum funktioniert«, fuhr sie fort. »*Logischerweise* liegen die Nachteile auf der Hand. Aber man kann das Unerwartete nicht mit einbeziehen. Nehmen Sie nur Charons Hilfe für Cole. Es gab keinen logischen Grund dafür, aber er hat ihm trotzdem geholfen. Und wenn das Unerwartete einmal eingetreten ist, kann es jederzeit wieder geschehen. Ich würde sagen, das ändert die Aussichten.«

Täuschungs Augen wurden schmal. Es war offensichtlich, dass sich das Gespräch in eine Richtung bewegte, die ihm nicht gefiel. »Arme Phoebe«, sagte er. »Sie greifen nach Strohhalmen.«

Das denkst du dir so, nicht wahr?, durchfuhr es Phoebe. Du denkst, du hast mich in der Tasche ... Nun, halt dich bereit. Ich werde dich noch überraschen, Kumpel.

Sie schlenderte durch den Raum, spielte mit den kostbaren Objekten, mit denen er dekoriert war, und ignorierte bewusst die Bilder von Cole. So sehr sie seine Fortschritte auch verfolgen wollte, gelangte Phoebe allmählich zu der Überzeugung, dass sie es sich nicht leisten konnte, Cole zu beobachten. Das machte sie passiv und erinnerte sie nur daran, dass sie gefangen und hilflos war. Wahrscheinlich war es genau das, was Täuschung wollte.

»Wo ich herkomme, nennen wir das die Macht des positiven Denkens«, sagte sie, während sie nach einer zerbrechlichen Porzellanschäferin griff und sie in ihren Händen drehte. »Nicht nach Strohhalmen greifen. Es hat gerade erst angefangen, *Nick*. Sofern Sie nicht in die Zukunft sehen können, wissen nicht einmal Sie, wie der Kampf ausgehen wird. Ich an Ihrer Stelle würde Ihre Dämonen erst dann zählen, nachdem sie der Blitz getroffen hat.«

Täuschung trat einen Schritt auf sie zu und blieb dann stehen. »Aber Cole kann keine Blitze mehr schleudern, nicht wahr?«, stichelte er. »Das ist ein Teil des Problems. Nichts, ganz gleich, wie unerwartet es kommt, kann etwas an der Tatsache ändern, dass er ein Mensch ist. *Nur* ein Mensch.«

Oh, ja. Das ist der Schlüssel, dachte Phoebe. Trotz ihrer schlechten Chancen konnte sie spüren, wie ihre Erregung zunahm. Je länger Nick redete, desto besser wurden ihre Aussichten.

»Vielleicht sollten Sie die Menschlichkeit etwas höher einschätzen«, meinte sie. »In uns steckt mehr, als es den Anschein hat. Ich dachte, das müsste ich Ihnen nicht erst erklären. Aber ich schätze, wenn man nur an sich selbst denkt, läuft man immer Gefahr, die Dinge ein wenig einseitig zu betrachten.«

»Oh, natürlich«, warf Täuschung sarkastisch ein. »Aber die Tatsache, dass Sie an Cole denken, dass Sie ihn *lieben*, macht Sie stark. Sie irren sich, Phoebe. Die Liebe beeinträchtigt Ihre Konzentration. Sie führt zur Verwirrung. Die Liebe macht Sie schwach, nicht stark. Sie glauben mir nicht? Sehen Sie sich Cole an. Seine Liebe zu Ihnen hat ihn zurück in die Unterwelt geführt, den letzten Ort, an dem er sein sollte. Jetzt schwebt er in Todesgefahr. Buchstäblich. Und warum? Weil er Sie liebt. Diese Liebe wird sein Verderben sein.«

Nein!, dachte Phoebe, als ihr die Porzellanschäferin aus den Fingern glitt und mit einem Klirren auf dem Tisch landete.

Phoebe wies Täuschungs Argument mit jeder Faser ihres Wesens zurück. Sie war keineswegs blind, sie verstand durchaus, worauf er hinauswollte. Dennoch weigerte sie sich, ihm Glauben zu schenken. Sie weigerte sich zu glauben, dass die Liebe eine zerstörerische Kraft war.

Obwohl sie es nicht wollte, spürte Phoebe, wie ihre Blicke von den Bildern angezogen wurden, die Cole zeigten, den Bildern des Mannes, den sie liebte. Des Mannes, dem sie ihre Liebe geschworen hatte. Er stapfte durch eine riesige Wüste, und Phoebe konnte die Erschöpfung in Coles Gesicht sehen.

»So ist es richtig, Phoebe«, murmelte Täuschung. »Beobachten Sie den Mann, den Sie lieben. Beobachten Sie Cole. Sehen Sie seinen Schmerz und sein Leid? Das ist nur der Anfang. Es wird vor dem Ende noch mehr, viel, viel mehr davon geben. Und all das wegen Ihrer Liebe. So sieht sie aus, Ihre Liebe, Phoebe.«

»Nein«, flüsterte Phoebe. »Ich glaube Ihnen nicht.«

Ich *will* Ihnen nicht glauben. Cole!, dachte sie. *Cole*!

Sie sah zu, wie Cole stolperte und dann auf die Knie sank. Das Herz schlug ihr bis zum Hals. Aber Cole rappelte sich wieder auf und marschierte weiter. Als sie sich auf sein Gesicht konzentrierte, bemerkte sie etwas, das zuvor nicht sichtbar gewesen war. Sie fragte sich, ob Täuschung die Veränderung auch bemerkte.

Sicher, Coles Gesicht war von Erschöpfung gezeichnet, aber darunter lag noch etwas anderes. Entschlossenheit. Ganz gleich, was geschah, Cole würde niemals aufgeben. Nicht nur, weil er starrköpfig war, obwohl er das ohne Zweifel war, sondern weil er etwas hatte, das ihm half, alle Hindernisse zu überwinden.

So sieht die Liebe aus, dachte Phoebe, als alle Zweifel, die sie gequält hatten, mit einem Mal von ihr abfielen. Einen Moment lang hatte sie sich von ihren Ängsten überwältigen lassen. Aber Cole selbst hatte ihr bewiesen, dass Täuschung sich irrte.

Die Liebe brachte keinen Schmerz und keine Leiden. Sie half einem, sie zu ertragen. Wie die Hoffnung, dachte Phoebe. Als wären Liebe und Hoffnung zwei Seiten eines

Dreiecks. Zwei Seiten einer anderen *Macht der Drei*, die von zwei Menschen erschaffen werden konnte.

Die dritte Seite jedoch war am schwersten zu verwirklichen, ging ihr plötzlich auf, während in ihrem Geist das Bild des Dreiecks entstand. Noch schwieriger zu meistern als Liebe oder Hoffnung. Das waren Dinge, die man tun konnte, ohne zu denken, fast instinktiv, Impulse, die direkt aus dem Bauch kamen.

Aber die dritte Macht erforderte mehr. Eine Kombination aus Instinkt und Bewusstsein. Sie erforderte, dass man sich selbst ins Gesicht sah, seine Ängste akzeptierte und schließlich besiegte.

Die dritte Seite des Dreiecks war Vertrauen.

Deshalb war es zwischen ihr und Cole zum Streit gekommen, dachte Phoebe. Sie hatten vergessen, einander zu vertrauen. Dadurch hatten sie eine Tür geöffnet, durch die die Macht der Finsternis und ihr Spießgeselle Täuschung in ihr Leben getreten waren. Gemeinsam hatten sie einen Keil zwischen Cole und Phoebe getrieben. Einen Keil, der nun ihr Leben und mehr als nur das bedrohte.

Wenn Phoebe in der Unterwelt blieb, würde die magische *Macht der Drei* gebrochen werden. Ihre Schwestern würden für immer in tödlicher Gefahr schweben und nicht länger über die Fähigkeit verfügen, die Unschuldigen, die auf sie angewiesen waren, und sich selbst zu beschützen.

Und alles nur wegen ein paar in Schmerz und Zorn gesprochenen Worten. Weil Phoebe und Cole in ihrem Schmerz und Zorn vergessen hatten, einander zu vertrauen.

Es sieht so aus, als müsste ich den Keil entfernen und die Tür wieder zuschlagen, dachte Phoebe. Das Dreieck wieder vollständig zusammensetzen. Und der beste Zeitpunkt, um damit anzufangen, war jetzt. Schließlich blieb weder ihr noch Cole besonders viel Zeit.

Phoebe löste entschlossen den Blick von Coles Abbild und richtete ihn wieder auf Täuschung.

Es wird Zeit, den Spieß umzudrehen, dachte sie. Er hatte nach ihrer Schwachstelle gesucht und war gescheitert. Jetzt war sie an der Reihe.

Doch bevor sie etwas sagen konnte, ergriff er wieder das Wort. »Es wird geschehen, nicht wahr, Phoebe?«, fragte er. »Sie wissen, dass Cole versagen wird, und es fällt Ihnen immer schwerer, ihm dabei zuzusehen. Sie wollen den Blick abwenden. Das verstehe ich. Das ist nur natürlich, wenn man so etwas Schreckliches sieht.«

»Sie irren sich, *Nick*«, widersprach sie, seinen menschlichen Namen betonend und gleichzeitig darauf bedacht, ihre Stimme möglichst gelassen klingen zu lassen. Im vollen Bewusstsein dessen, was sie tat, richtete sie den Blick abermals auf Cole und ließ ihn dort ruhen, ehe sie fortfuhr: »Ich habe keine Angst, mich der Wahrheit zu stellen, aber Sie schon.«

»Ich weiß nicht, was Sie meinen«, sagte er sofort. »Und ich habe Ihnen bereits erklärt, dass mein Name Täuschung lautet.«

»Ich denke, Sie wissen es doch«, erwiderte Phoebe. So bewusst, wie sie ihre Aufmerksamkeit Cole zugewandt hatte, richtete sie ihre Augen jetzt wieder auf Nicks Gesicht. Du hast hier nicht die Kontrolle, Kumpel, dachte sie.

»Eine Frau hat Sie tief verletzt, nicht wahr?«, fragte sie ruhig. »So sehr, dass Sie beschlossen haben, dass es sicherer für Sie wäre, kein Mensch mehr zu sein. So wurden Sie zu einem Lakaien der Macht der Finsternis. Ich würde sagen, das spricht für eine ziemlich große Liebe, meinen Sie nicht auch?«

Heiße Röte schoss Nick ins Gesicht. Schmerz. Verlegenheit. Wut. Was es war, konnte Phoebe nicht erkennen, aber sie konnte erkennen, dass es ihn beinahe überwältigte.

»Was ist das?«, fragte Nick mit rauer Stimme. Offenbar hatte er Schwierigkeiten, seine Gefühle zu beherrschen. »Psychotrick 101? Nicht, dass ich den Versuch nicht zu schätzen wüsste, aber das ist doch ein ziemlich durchsichtiges Manöver, finden Sie nicht?«

»Aber deshalb nicht weniger wahr«, konterte Phoebe. »All diese witzigen Geschichten, die Sie mir bei dem Essen an jenem Abend erzählt haben, über all diese Frauen, die mit Ihnen Schluss gemacht haben – jetzt ist mir klar, dass das alles nur Lügen waren. Aber irgendwo in Ihrer Vergangenheit verbirgt sich die Wahrheit, *Nick*. Die Geschichte, die Sie vor lauter Angst nicht preisgeben wollen, die Sie dazu gebracht hat, sich von der Liebe abzuwenden.«

Nick lachte. Es klang bitter. Er setzte sich abrupt auf seinen Stuhl und drehte Coles Abbild den Rücken zu, als hätte das Vergnügen, den Kampf seines Widersachers zu beobachten, plötzlich jeden Reiz verloren.

»Oh, Phoebe«, sagte er müde. »Sie denken, Sie haben alles durchschaut, obwohl Sie in Wirklichkeit alles falsch verstanden haben. Ich habe mich nicht von der Liebe abgewendet. Sie hat sich von mir abgewendet. Im wahrsten Sinne des Wortes. In Ordnung, ja, ich habe einst eine Frau geliebt. Und sie hat mich geliebt, oder wenigstens dachte ich es.

Aber dann stellte sich heraus, dass es nur mein Besitz und mein Gesicht waren, die sie liebte. Ich habe beides durch die Revolutionäre verloren, die das Château meiner Familie niedergebrannt haben. Als meine angebliche große Liebe sah, was das Feuer mit meinem Gesicht angerichtet hatte, konnte sie meinen Anblick nicht mehr ertragen. *Sie wandte sich von mir ab*. Sie wies mich zurück, wies das *Ding* zurück, in das ich mich verwandelt hatte. Und so beschloss ich, mich in etwas anderes zu verwandeln.

In ein Wesen, das keine Frau jemals wieder zurückweisen würde.«

»Illusion«, murmelte Phoebe, als plötzlich alles auf schreckliche Weise einen Sinn ergab. »Täuschung.«

Nick nickte, und sein müder Gesichtsausdruck verwandelte sich in eine Miene, die Trotz und Stolz offenbarte. Fast so, als würde er Phoebe zu dem Beweis herausfordern, dass die Wahl, die er getroffen hatte, falsch gewesen war.

Phoebe wusste nicht, was sie dazu brachte, die nächste Frage zu stellen. Aber als sie es tat, wusste sie, dass es die einzig Richtige war. »Was ist mit *Ihnen*, Nick? Was sehen *Sie*, wenn Sie sich anschauen?«

Nick zuckte zusammen, als hätte sie ihn geschlagen. »Sie stellen zu viele Fragen«, knurrte er böse.

»Sie können es nicht, nicht wahr?«, fragte sie, von ihrer Inspiration getragen wie von einer Flutwelle. »Sie können sich nicht ins Gesicht sehen.«

Nick sprang so plötzlich von seinem Stuhl auf, dass Phoebe zurückwich.

»Und Sie denken, Sie können es?«, rief er. »Sie haben keine Ahnung, was ich bin, keine Ahnung, mit was Sie es zu tun haben, Phoebe Halliwell.«

»Ich denke doch«, widersprach Phoebe, obwohl ihr Herz hämmerte. Ein Teil von ihr drängte sie, ihren Vorteil weiter zu nutzen, während der andere sie warnte, sich lieber zurückzuhalten. Phoebe entschied sich für die erste Variante.

»Es gibt einen Namen für einen, der sich nicht selbst ins Gesicht sehen kann«, sagte sie. »Sie kennen ihn ebenso gut wie ich. *Feigling*. Sie denken, es hat Sie stärker gemacht, dass Sie sich der Unterwelt angeschlossen haben, nicht wahr? Aber so ist es nicht. Sie haben so nur einen dunkleren Ort gefunden, an dem Sie sich verstecken können.«

»Sie wollen mich sehen, ist es das?«, fragte Nick mit

einer Stimme, die wie ein Peitschenschlag klang. »Ist es das, was Sie wollen? Seien Sie vorsichtig mit Ihren Wünschen, Phoebe, denn sie könnten in Erfüllung gehen.«

»Worte, Worte, Worte«, sagte Phoebe, während Adrenalin durch ihren Körper schoss. »Aber keine Taten. Wie kommt das nur, frage ich mich? Oh, warten Sie. Ich weiß. Weil Sie Angst haben, dass ich etwas tun kann, das Sie nicht können, nicht wahr?«

Nick stieß ein hässliches Lachen aus. »Nicht sehr wahrscheinlich.«

»Beweisen Sie es«, forderte Phoebe ihn heraus.

Ein Moment der Stille folgte. Nick und Phoebe starrten einander an. Grüne Augen blickten in braune. Dann, langsam, lächelte Nick. »Nun gut«, sagte er. »Sie glauben, Sie sind stärker als ich, also beweisen *Sie* es. Aber vergessen Sie nicht, Sie haben darum gebeten.«

Phoebe spürte, wie eine Welle der Energie, statischer Elektrizität gleich, den Raum durchlief. Ein Knistern ertönte, gefolgt von einem Zischen. Dann wurde der Raum in völlige Dunkelheit getaucht. »Das ist ein wenig theatralisch, finden Sie nicht auch?«, fragte sie, obwohl ihr Herz hämmerte. »Außerdem ist es schwer, mich zu erschrecken, wenn ich nichts sehen kann.«

Stille.

Phoebe spürte, wie ihr ein Schauder über den Rücken lief. »Nick?«, rief sie.

Wieder erhielt sie keine Antwort. Kein Licht. Kein Laut bis auf das Pochen von Phoebes eigenem Herz. Dann, mit derselben Plötzlichkeit, mit der alle Lichter erloschen waren, flammten die Kerzen in dem Kerzenhalter wieder auf. Die Vorhänge hinter ihnen waren wieder geschlossen. Cole war nirgendwo zu sehen.

Ebenso wenig Nick Gerrard.

In dem Moment, als er sich Phoebe hatte enthüllen wollen, hatte etwas anderes eingegriffen. Sie war sich ziemlich sicher, dass sie wusste, wer das getan hatte.

Die Macht der Finsternis.

Warum hat sie mich nicht auch geholt?, fragte sie sich. War Nicks – Täuschungs – plötzliches Verschwinden ein Teil des Planes? Oder war das Unerwartete erneut geschehen, entgegen aller Logik?

Ich weiß es nicht, dachte Phoebe.

Aber eines wusste sie ganz sicher. Sie würde nicht hier herumstehen und warten, bis sie von alleine dahinter kam. Ihr Entführer war fort. Das bedeutete, dass sie ebenfalls verschwinden konnte.

Als Phoebe ihre Entscheidung getroffen hatte, trat sie sofort in Aktion. Sie eilte zur Tür der Kammer und drückte ihren Rücken gegen die Wand. Dann holte sie tief Luft, streckte den Kopf in den Korridor hinaus, sah sich hastig um und wich dann ebenso schnell wieder zurück.

Nichts.

Sie hatte keinen Alarm ausgelöst, als sie einen Teil ihres Körpers aus dem Raum gestreckt hatte. Es gab keine Dämonen, die den Korridor bewachten. Natürlich vorausgesetzt, dass sie nicht von der unsichtbaren Sorte waren. Aber das erschien ihr irgendwie nicht Täuschungs Stil zu sein. Schließlich war es nicht ganz einfach, von etwas demoralisiert zu werden, das man nicht kommen sehen konnte.

Was bedeutete, dass die Luft zumindest im Moment rein war. Okay, dachte Phoebe, hier ist alles klar.

Sie würde tun, was sie schon längst hätte tun sollen, aber nicht getan hatte, und Cole auf halbem Weg entgegengehen.

Phoebe schlüpfte auf leisen Sohlen aus dem Raum und durch den Korridor. Sie erreichte eine Kreuzung, zögerte einen Augenblick und bog dann, einem Impuls folgend, nach links ab.

Während sie weiterging, versuchte sie die leise Stimme in ihrem Kopf zu unterdrücken, die ihr einreden wollte, dass es völlig gleichgültig sei, für welche Richtung sie sich entschieden hatte.

Sie hatte nicht die leiseste Ahnung, wo *auf halbem Weg* lag.

16

COLES KOPF HÄMMERTE. Seine Beine fühlten sich wie Gummi an. Seine Augen brannten. Sie waren so trocken, dass sie sogar schmerzten, wenn er blinzelte. Sein Mund war so ausgedörrt wie die Sahara.

Was zweifellos daran lag, dass der Rest von ihm sich anfühlte, als hätte er sie soeben durchquert.

Charon hatte in einem Punkt eindeutig Recht gehabt, dachte Cole. Die Durchquerung der Ödnis hatte nichts mit einem Spaziergang im Park zu tun. Zumindest hatten ihn die Toten, die diesen Ort bewohnten, in Ruhe gelassen. Bis jetzt jedenfalls. Allerdings hatte Cole sie gehört – dessen war er sich ganz sicher. Die Ödnis mochte den Augen nicht viel Abwechslung bieten, aber wie die Wüste, der sie ähnelte, war sie voller Geräusche.

Ein dumpfes Stöhnen erfüllte die Luft. Manchmal leise, manchmal laut. Wäre Cole nicht in der Unterwelt gewesen, hätte er es vielleicht irrtümlich für den Wind gehalten. Aber hier wusste er es besser. Er kannte diesen Ort gut genug, um zu wissen, was für Geräusche das waren.

Das Stöhnen gequälter Seelen, die keine Ruhe fanden. Cole konnte sie nicht sehen, aber er konnte sie überall um sich herum hören und fühlen. Einmal, als er gerade einen Hang erklommen hatte, hatte ihn ein Schluchzen innehalten lassen, dessen Bitterkeit ihm fast das Herz gebrochen hätte.

Er hatte nichts tun können, als sich die Ohren zuzuhalten, zuerst einen schweren Fuß und dann den anderen zu heben und einfach weiterzugehen. Er konnte den Wesen an diesem Ort unmöglich helfen, ganz gleich, wie viel Mitgefühl er für sie empfinden mochte.

Aber Phoebe konnte er helfen.

Cole machte noch ein paar stolpernde Schritte und spähte dann in die Ferne. Dort war er. Er konnte ihn jetzt sehen. Der Ort, der das Ende des ersten Teils seiner Reise markierte.

Er wurde die Grenze genannt und bestand nur aus einer Wand aus Feuer.

Phoebe wurde irgendwo auf der anderen Seite gefangen gehalten. Um sie zu erreichen, musste Cole buchstäblich durchs Feuer gehen. Es gab keinen anderen Weg. Soweit er wusste, war die Grenze endlos. Man konnte sie nicht umgehen. Er hätte vielleicht versucht, sie zu überspringen, aber nahe der Grenze war die Landschaft der Ödnis flach wie ein Pfannkuchen. Selbst während seiner Zeit als Dämon war er kaum in der Lage gewesen, hohe Gebäude oder hohe Wände aus Feuer mit einem einzigen Sprung zu überwinden.

Um die Sache noch schlimmer zu machen, hatte Cole keine Ahnung, wie dick die Grenze war. Wenn sie nur ein paar Schritte maß, standen die Chancen gut, dass er es relativ unversehrt auf die andere Seite schaffen würde. War sie jedoch viel breiter, konnte er ebenso gut gleich Selbstmord begehen. Seine Suche nach Phoebe würde vorbei sein, bevor sie richtig angefangen hatte.

Das war der weniger gute Teil.

Um genau zu sein, war das einzig Gute an dieser ganzen Geschichte, auf das Cole sich besinnen konnte, die Tatsache, dass Charon Recht gehabt hatte, als er ihm erklärte, dass dies der einzige Weg in Täuschungs Territorium war, der nicht bewacht oder überwacht wurde. Lass dich nicht abschrecken, dachte Cole. Versuch es einfach.

Er marschierte weiter und blieb erst stehen, als die Hitze

unangenehm wurde. Bewegungslos musterte er die Wand aus Feuer. Selbst das Stöhnen der Ödnis schien zu verstummen, als Cole reglos dastand und die Hitze zu ignorieren versuchte, die ihm bereits die Haut verbrannte. Schweigend dachte er über seine Optionen nach.

Er brauchte nur zwanzig Sekunden, um sie auf drei zu reduzieren.

Weitergehen.

Umkehren.

Bleiben, wo er war.

Die beiden letzten Möglichkeiten waren vollkommen inakzeptabel. Damit blieb nur noch Option Nummer eins. Mann, dachte er, das ist wirklich eine Überraschung. Allerdings hatte er eigentlich zu keinem Zeitpunkt an der Richtigkeit seines Vorhabens gezweifelt. Daran war, solange sich Phoebe auf der anderen Seite der Grenze befand, nicht zu denken.

Nachdem Cole seine Entscheidung getroffen hatte, streifte er sein Jackett ab und legte es sich über den Arm. Er war jetzt froh, dass er in der Hitze der Ödnis nicht der Versuchung nachgegeben hatte, das Jackett auszuziehen und zurückzulassen. So konnte er es als Barriere zwischen seinem Kopf und den Flammen benutzen. Es bot vielleicht nicht viel Schutz, aber er sagte sich, dass es vermutlich besser war, irgendetwas zu unternehmen als gar nichts.

Cole atmete mehrmals tief durch und ignorierte das Brennen der heißen Luft in seiner Kehle. Dann schüttelte er die schmerzenden Beine aus, um die Blutzirkulation anzuregen, und wünschte sich, weniger erschöpft zu sein. Er würde sich weiterbewegen müssen, so lange er konnte und so schnell er konnte.

Abrupt hörte er Charons Stimme in seinen Gedanken. »Denk daran, sieh dich nicht um. Sieh immer nach vorn.«

Guter Rat, dachte Cole. Er würde darin ein positives

Zeichen sehen. Er atmete ein letztes Mal tief durch und spannte die Muskeln für seinen Sprint durch die Flammen.

Ehe er einen einzigen Schritt machen konnte, erbebte der Boden unter seinen Füßen, und erneut hing Stöhnen in der Luft, eine Kakophonie verzweifelter Klagelaute. Der Sand zischte und zitterte, brodelte wie die Oberfläche eines Topfes mit kochendem Wasser. Cole stolperte zurück und versuchte verzweifelt, sein Gleichgewicht zu bewahren.

Dann kamen sie, schossen wie die Tentakel eines wütenden Krakens aus der Oberfläche des kochenden Sandes.

Hände. Arme.

Die Hände der Toten. Sie schlugen einander in ihrer Hast, Cole zu packen. Es waren mehr, als er zählen konnte. Ein endloses Meer aus verzweifelten, zupackenden Gliedmaßen.

Die Toten *bewohnten* die Ödnis nicht nur. Die Toten waren die Ödnis.

Dann fanden die Hände ihn, ergriffen ihn mit kräftigem Griff und zogen ihn hinunter, hinunter, hinunter ... Cole wehrte sich bei jedem Zentimeter und schrie Phoebes Namen, als der Sand seine Knie, seine Hüfte und dann seine Brust erreichte.

Er rief noch ihren Namen, als der Sand der Ödnis in seinen offenen Mund rieselte und seine Kehle füllte.

Und dann, endlich, war selbst die Ödnis still.

17

Piper brach auf dem Boden zusammen.

In der einen Sekunde hatte sie noch voller Sorge, ob er es schaffen würde, zugesehen, wie sich Cole auf die Durchquerung der Feuerwand vorbereitete. In der nächsten – in Wahrheit hatte Piper keine Ahnung, was in der nächsten Sekunde passiert war. Aber in Anbetracht des Ortes, an dem Cole sich aufhielt, musste sie davon ausgehen, dass die Hölle losgebrochen war.

Das war ihr letzter zusammenhängender Gedanke.

Sie konnte spüren, wie sich ihre Verbindung zu Cole einem zum Zerreißen gespannten Seil gleich straffte. Piper hatte plötzlich ein deutliches Bild von sich und Cole vor Augen. Sie waren wie durch eine gestraffte, ausfransende Rettungsleine miteinander verbunden. Piper befand sich halb in der Ober-, halb in der Unterwelt, und ihre Sinneswahrnehmungen waren in beiden Sphären getrübt.

Über das Rauschen in ihren Ohren hinweg konnte Piper hören, wie Paige Leo um Hilfe bat.

»Was ist los?«, rief Paige. »Was soll ich tun? Sag mir, was ich tun kann, um ihr zu helfen.«

»Beruhige dich, Paige«, hörte Piper Leo sagen. »Du kannst niemand helfen, wenn du in Panik gerätst.«

Das ist mein Schatz, dachte Piper. Sie wünschte, sie hätte ihm sagen können, wie sehr sie zu schätzen wusste, was er für sie tat, aber sie schien nicht genug Luft zu haben.

»Natürlich bin ich in Panik«, schrie Paige fast. »Für den Fall, dass du es noch nicht bemerkt hast, wir sind mitten in einer Krise!«

»Halt deine Augen weiter auf das Wasser gerichtet«, hörte Piper Leos Anweisung. »Einer von uns muss auf Cole aufpassen.«

»Okay«, sagte Paige. »Okay, das kann ich tun.«

Benommen spürte Piper, wie Leo an ihrer Seite niederkniete. »Piper? Kannst du mich hören?«, fragte er. Er ergriff ihre Hand und drückte sie. Hart. Piper nahm all ihre Kraft zusammen und erwiderte den Druck. Aber er war so weit weg. Viel zu weit.

»Sie ist noch immer bei uns«, hörte Piper Leo sagen. »Sie kann sich nur nicht so gut verständigen.«

»Ist das gut oder schlecht?«, fragte Paige mit bebender Stimme.

»Beides«, antwortete Leo knapp. Piper spürte, wie er sie in seine Arme nahm. »Irgendeine Spur von Cole?«, wollte er von Paige wissen.

»Keine«, antwortete Paige. »Soll ich versuchen, ihn hierher zu bringen?«

»Noch nicht«, gab Leo grimmig zurück. »Aber ich denke, wir sollten uns dafür bereitmachen.«

Nein!, dachte Piper. Das dürft ihr nicht. Phoebe … Sie wand sich in Leos Armen.

»Was ist los?«, fragte Paige. »Hat sie einen Krampf oder so was?«

»Ich weiß es nicht«, gestand Leo. »Vielleicht versucht sie uns etwas zu sagen, oder das hat irgendwas mit Coles Erlebnissen zu tun.«

»Soll das heißen, er stirbt?«, hakte Paige nach. Trotz ihrer getrübten Sinneswahrnehmungen konnte Piper die Hysterie in der Stimme ihrer jüngeren Halbschwester hören. »Du hast gesehen, was diese Wesen mit ihm gemacht haben, Leo. Er wird unter dem Sand nicht mehr als ein paar Minuten überleben. Du musst mich ihn hierher holen lassen.«

Pipers Körper verkrampfte sich, als sie nach Luft schnappte. Ich muss zu ihnen durchdringen, es ihnen erklären, dachte sie.

»Wenn wir ihn jetzt zurückholen, verlieren wir vielleicht die Chance, Phoebe zu retten«, erinnerte Leo sie.

»Chance? Welche Chance?« Paige schluchzte. »Diese Wesen dort unten versuchen Cole zu töten, und er hat noch nicht einmal das Dämonenterritorium erreicht. Wenn wir nicht schnell etwas unternehmen, werden sie gewinnen. Die einzige *Chance*, die wir haben, Phoebe zu retten, ist, es später noch mal zu versuchen. Und wenn wir Cole verlieren, werden wir nicht mal das tun können. Du musst mir helfen, ihn zurückzuholen. *Jetzt.* Bitte, Leo.«

Leo schien plötzlich eine Entscheidung zu treffen. Sanft legte er Piper auf den Boden. Piper hörte seine Schritte, als er sich erhob und zu Paige trat.

»Es gefällt mir zwar nicht, aber ich muss dir zustimmen«, hörte sie ihn sagen. »Verschwenden wir keine Zeit mehr. Holen wir ihn da raus.«

»Danke«, keuchte Paige. »Piper wird okay sein, sobald wir Cole zurückgeholt haben, nicht wahr?«

Piper ist *jetzt* okay, dachte Piper verzweifelt. Ich muss nur einen Weg finden, euch das klarzumachen ...

»Das sollte sie«, erklärte Leo. »Okay, bereit?«

»Bereiter geht nicht«, antwortete Paige.

Piper nahm all ihre Kraft zusammen. »Neeeiiin«, stöhnte sie dann.

Paige gab einen überraschten Laut von sich. »Was ist los?«, rief sie. »Was passiert mit Piper?«

»Das Wasser!«, entfuhr es Leo. »Paige, sieh nur!«

»Was in aller Welt ...?«, begann Paige. Sie wagte kaum zu atmen, als sie sich über die Zauberschüssel beugte, während Leo erneut neben Piper niederkniete.

»Ich glaub es nicht«, sagte Paige, als Piper sich abrupt aufsetzte. Ihre Brust hob und senkte sich, während sie Luft in ihre brennende Lunge saugte. Sie hustete und lehnte sich Halt suchend gegen Leo.

»Nicht *in* aller Welt, sondern *darunter*«, sagte sie, als sie wieder sprechen konnte.

Paige schüttelte verwundert den Kopf. »Ich denke, du meinst *unter ihr hindurch*. Ich schätze, das beweist uns nur, dass Wunder überall möglich sind, selbst in der Unterwelt.«

»Du sprichst wie eine wahre *Wächterin des Lichts*«, meinte Leo mit einem Lächeln.

Er würde sterben. Der Sand würde ihn töten. Es war nur eine Frage der Zeit.

Der Sand war überall, füllte Coles Augen, seine Nase, seinen Mund und seine Ohren. Arbeitete sich durch seine Kleidung, um an seiner Haut zu kratzen. Er war über ihm und unter ihm. Vor ihm und hinter ihm. Umarmte ihn wie eine lang vermisste Geliebte, die ihn endlich für sich beanspruchen konnte.

Cole spürte sein Herz hart und schnell schlagen. Und obwohl der Sand den Laut dämpfte, hörte er ein Klingeln in den Ohren. Benommen ging ihm auf, dass es aus seinem eigenen Körper kam, aus seinem Kopf und seiner schmerzenden Lunge.

Er versuchte sich gegen die Hände zu wehren, die ihn festhielten und durch den Sand zogen wie einen Wurm durch lockere Erde, aber er wusste, dass es sinnlos war. Seine Kraft reichte nicht aus. Er war schwach. Sie waren stark. Und es gab so schrecklich viele von ihnen.

Ein schöner Held bin ich, dachte Cole deprimiert. Es tut mir Leid, Phoebe. Ich habe mein Bestes getan.

Zu schade nur, dass es nicht gereicht hatte.

Dann, so plötzlich, wie er in die Tiefe gezogen worden war, spürte Cole, wie er nach oben gestoßen wurde. Sein

Kopf und seine Schultern durchbrachen den Sand. Instinktiv reagierte sein Selbsterhaltungstrieb. Er riss die Arme hoch, bis sie zur Oberfläche durchbrachen. Cole stützte sich mit einer Hand auf den Boden. Mit der anderen fuhr er sich über den Mund, um den Sand zu entfernen. Er atmete keuchend ein und würgte, spuckte Sand aus und atmete noch einmal tief durch.

Und dann spürte er wieder die Hände. Sie hielten seine Beine fest. Nein!, dachte Cole. Nicht schon wieder! Er würde keine zweite Reise unter dem Sand überleben. Dessen war er absolut sicher.

Dann versetzten die Hände ihm einen Stoß, und sein Körper schoss nach oben.

Er war frei. Befand sich auf und nicht *unter* festem Boden.

Cole lag mit pumpender Lunge reglos da, für Sekunden zu erschöpft, um über das nachzudenken, was eben geschehen war. Dann richtete er sich vorsichtig halb auf und warf einen Blick in die Runde. Er brauchte mehrere Sekunden, um die Wahrheit zu erkennen.

Der Sand war verschwunden. Er hatte die Ödnis verlassen und war auf der anderen Seite der Grenze.

Langsam stand Cole auf. Um ihn herum erstreckte sich Grasland. Wie um die Bewohner der Ödnis zu verhöhnen, war die Landschaft auf der anderen Seite der Grenze fruchtbar und grün, einladend wie eine Oase. An ihrem Rand schien das Feuer der Grenze noch heißer, noch heller zu brennen. Cole spürte die verzehrende Hitze.

Ich hätte es nie geschafft, erkannte er plötzlich. Kein Lebewesen konnte die Grenze überwinden. Das war ihm jetzt klar. Aber die Bewohner der Grenze hatten etwas gewusst, das Cole unbekannt gewesen war. Es gab einen anderen Weg, um auf die andere Seite der Grenze zu gelangen. Und sie hatten Cole auf diesem Weg ans Ziel gebracht.

Nicht über die Feuerwand, nicht um die Wand herum, dachte er. Sondern unter der Grenze hindurch.

Die Bewohner der Ödnis hatten nicht versucht, ihn zu töten. Sie hatten versucht, ihm auf die einzige Weise zu helfen, die sie kannten. Als hätten sie durch ihre Hilfe für Cole endlich etwas bewirkt und einen Weg gefunden, um für ihr verschwendetes Leben zu büßen.

Cole räusperte sich. Seine wunde Kehle schmerzte.

»Ich weiß nicht, ob ihr mich hören könnt. Aber - ich danke euch«, krächzte er. Er wollte noch mehr sagen, all die Dinge ausdrücken, die er fühlte, doch dann dämmerte ihm, dass er das bereits getan hatte. Manchmal genügten die schlichtesten Worte.

Er spürte, wie eine seltsame Bewegung den Boden unter seinen Füßen durchlief. Cole blickte nach unten. Aus dem grünen Gras starrten Augen zu ihm herauf, hunderte und aberhunderte Augenpaare, die bis an die Grenze von Coles Blickfeld reichten. All diese Augen sahen ihn an, unbeirrbar, erfüllt von einem stummen Flehen.

»Danke«, sagte Cole abermals. »Ihr habt etwas bewirkt. Ich werde es nicht vergessen.«

Cole spürte, wie die Erde seufzte, als wäre das Flehen gegen alle Wahrscheinlichkeit erhört worden. Dann verschwanden die Augenpaare eines nach dem anderen.

Cole wandte sich ab und marschierte über das Grasland. Jeder Schritt trug ihn näher zu Phoebe und näher zu den Bewohnern der Unterwelt, die sein Leben beenden wollten.

18

»DU SCHULDEST MIR EINE ERKLÄRUNG«, sagte die Macht der Finsternis. »Ich werde sie bekommen, bevor ich deine elende Existenz beende, indem ich dir den Kopf abreiße, ganz gleich, wie dein Gesicht aussieht. Ich schätze, meine Geduld ist nach weiteren dreißig Sekunden erschöpft.«

Er funkelte die Wand an, an die er Täuschung mit bloßer Willenskraft genagelt hatte, als wäre er ein Käfer.

»Rede endlich«, befahl die Macht der Finsternis.

Blanke Wut pulsierte durch Täuschungs Adern. Das Problem war nur, dass er nicht zu sagen vermocht hätte, wer ihn am meisten auf die Palme brachte, Phoebe oder er selbst. Diese Hexe hat mich überlistet, dachte er. Sie hatte eine Reihe von Vermutungen angestellt, die zufällig zutrafen, und ihn damit so weit gebracht, dass er sich zu etwas hinreißen ließ, was niemals wieder hatte vorkommen sollen.

Er hatte die Beherrschung verloren.

Dafür wirst du bezahlen, Phoebe Halliwell, dachte er.

»Ich warte«, erinnerte ihn die Macht der Finsternis.

»Es tut mir Leid, wenn ich dich gekränkt habe, Meister«, keuchte Täuschung. »Aber es gab keinen Grund für dein Eingreifen. Ich hatte alles unter Kontrolle.«

»Alles unter Kontrolle!«, brüllte die Macht der Finsternis. »Du wusstest, dass der Verräter in die Unterwelt gekommen ist, und dennoch hast du nichts dagegen unternommen. Du hast mich nicht einmal informiert. Nennst du so etwas alles unter Kontrolle haben?«

»Aber ich habe etwas unternommen«, protestierte Täuschung. »Ich habe meinen Plan durchgeführt. Ich habe die Hexe unter Druck gesetzt und den Dingen ihren Lauf gelassen. Ich hätte dich über den Aufenthaltsort des Verräters schon zum angemessenen Zeitpunkt informiert.«

»Oh, wirklich?«, fragte die Macht der Finsternis, ihre Stimme klang jetzt gefährlich sanft. »Und wer bist du, dass du entscheidest, wann der *angemessene* Zeitpunkt gekommen ist? Ich denke, du hast vergessen, wer von uns hier der Herr ist.«

Wohl kaum, dachte Täuschung. Er hatte jedes Gefühl in seinen Armen verloren. »Dir ist wahrscheinlich noch nie der Gedanke gekommen, mir einfach zu vertrauen«, sagte er.

Sein Meister gab ein verächtliches Schnauben von sich. »Offenbar hast du auch vergessen, wer ich bin«, erwiderte er. »Ich an deiner Stelle würde endlich mit einer Erklärung herausrücken. *Sofort*!«

»Du willst, dass sie vernichtet werden, also werden sie vernichtet«, versprach Täuschung eilfertig. »Genau das ist der Plan, wie wir ihn besprochen haben. Aber du willst doch nicht bei ihren physischen Körpern Halt machen. Siehst du denn nicht, dass das nicht genug ist?«

»Es ist ein ziemlich guter Anfang«, fauchte die Macht der Finsternis. Und es war mehr, als jeder in der Unterwelt bis jetzt erreicht hatte. »Der Verräter ist hier. Ich will ihn tot sehen. Du weißt das. Warum ist es dann noch nicht geschehen?«

»Weil das Timing noch nicht gestimmt hat«, sagte Täuschung beschwichtigend. Je mehr die Macht der Finsternis sich aufregte, desto ruhiger wurde er selbst. Es ist Zeit, wieder die Kontrolle zu übernehmen, dachte er. Damit er sich an die Arbeit machen und seinen Job erledigen konnte. Wenn er das Ego seines Meisters streicheln musste, um diesen Job zu erledigen, schön.

»Bevor der Verräter getötet werden kann, muss er sich selbst verraten fühlen. Er und seine Hexe müssen sich wiedersehen. Sobald sie ihn verraten hat, wirst du mehr als ihr Leben verlangen können. Ihr Geist, ihr Wille, ihre *Seelen* werden dir gehören. Das ist das Ziel des Planes, den wir entwickelt haben. Ich werde sie *vollständig* vernichten. Wenn dies gelingt, wirst du so mächtig sein, dass es niemand mehr wagen wird, sich gegen dich aufzulehnen.«

»Und wenn der Plan scheitert?«, fragte die Macht der Finsternis.

»Aber er kann gar nicht scheitern!« Täuschung schrie fast. »Er zielt auf die menschliche Natur ab. *Ihre* menschliche Natur. Lass mich einfach meine Arbeit machen, und der Verräter und seine Hexe werden sich selbst vernichten.«

»Wenn nicht, werde ich *dich* vernichten«, drohte die Macht der Finsternis. Sie machte eine Handbewegung, und Täuschung rutschte an der Wand hinunter und schlug mit einem dumpfen Laut auf dem Steinboden auf. Während er sich mühsam aufrappelte, ließ sich vom Eingang der Kammer her ein Kratzen vernehmen.

»Was?«, bellte die Macht der Finsternis.

Ein Diener mit einem verschrammten Gesicht streckte vorsichtig den Kopf durch die offene Tür.

»Ich grüße Euch, Schrecklicher«, begann er.

»Verschon mich damit«, fauchte die Macht der Finsternis. »Sag mir einfach, was ich wissen will.«

»Der Verräter hat die Grenze überquert, und die Hexe ist entkommen«, berichtete der Diener hastig.

Die Macht der Finsternis grinste Täuschung böse an. »Willst du noch immer behaupten, dass du alles unter Kontrolle hast?«

»Gib mir die Position der Hexe«, befahl Täuschung. Die Augen des Dieners huschten zur Macht der Finsternis, die ein Nicken sehen ließ.

»In Eurer Unterkunft. Ich denke …«, der Diener grinste plötzlich und entblößte seine schiefen Zähne, »… dass sie sich verirrt hat.«

»Ausgezeichnet«, frohlockte Täuschung. »Alles entwickelt sich so, wie ich gehofft hatte. Jetzt, da sie glaubt, dass sie noch eine Chance hat, wird ihre Demütigung, wenn sie scheitert, noch größer sein. Noch demoralisierender. Ich bin sicher, ich werde diese Sache in Rekordzeit zu Ende bringen können. Vorausgesetzt, dass es keine weiteren Störungen gibt.«

»In Ordnung, in Ordnung. Du hast dich klar genug ausgedrückt«, knurrte die Macht der Finsternis. »Bring mir nur den Kopf des Verräters.«

»Es wird mir ein Vergnügen sein«, antwortete Täuschung lächelnd.

19

Cole lief über das Gras. Seine Nackenmuskeln spannten sich wie Stahlkabel, als er sich zwang, nicht über seine Schulter zu sehen. Die Stelle zwischen seinen Schulterblättern brannte. Über offenes Land zu rennen stand nicht auf Coles Liste der zehn besten Wege, das Territorium der Dämonen zu durchqueren. Da hätte er sich ebenso gut eine Zielscheibe auf den Rücken malen können.

Trotzdem, wenn er Phoebe nur erreichen konnte, indem er sich über offenes Land bewegte, dann würde er sich eben auch darauf einlassen.

Das bedeutete jedoch noch lange nicht, dass es ihm auch gefallen musste.

In Laufen waren all seine Sinne geschärft. Er lauschte auf die leisesten ungewöhnlichen Geräusche. Seine Augen huschten hin und her und registrierten jede Einzelheit seiner Umgebung. Das Land, auf dem er sich befand, gehörte mit an Sicherheit grenzender Wahrscheinlichkeit zu Täuschungs Einflussbereich.

Cole spürte, wie sich sein Herzschlag beschleunigte, während er weiterrannte. Er kletterte einen Hang hinauf. Das Brennen zwischen seinen Schulterblättern wurde stärker. Cole ließ sich instinktiv zu Boden fallen und robbte auf dem Bauch weiter. Das dauerte zwar etwas länger, aber wenigstens konnte er auf diese Weise nicht so leicht entdeckt werden.

Cole erreichte den Hügelkamm und spähte auf die andere Seite. Das Land vor ihm fiel zunächst ab und stieg dann wieder steil an. Auf einer Anhöhe entdeckte Cole etwas, das man nur als Burg beschreiben konnte.

Nein, besser als Château, korrigierte er sich. So hätte es wenigstens ein Aristokrat namens Nicolas Gerrard bezeichnet. Sieht aus, als hätte ich mein Ziel erreicht, dachte Cole. Im Stillen dankte er Charon für seine Hilfe.

Obwohl jede Faser seiner selbst ihn zur Eile drängte, rührte er sich erst mal nicht von der Stelle. Ein Dämon wäre gewiss einfach losgestürmt. Aber Cole war jetzt ein Mensch. Er konnte seine Feinde vielleicht nicht mehr mit Blitzen niederstrecken, doch er war sich ziemlich sicher, sie ohne weiteres überlisten zu können. Es war Strategie, nicht rohe Gewalt, die Cole den Sieg sichern würde.

Er senkte den Kopf – es hatte schließlich keinen Sinn, als Zielscheibe herzuhalten, wenn es nicht absolut notwendig war –, überdachte seine Lage, prüfte die Möglichkeiten und entwickelte verschiedene Vorgehensweisen.

Von dem ziemlich ungewöhnlichen Weg, auf dem Cole die Grenze überquert hatte, mal abgesehen, war es ziemlich einfach gewesen, Phoebes Aufenthaltsort zu finden, auch wenn Charon ihm dabei geholfen hatte. Wenn man zusätzlich die Tatsache in Betracht zog, dass er, seit er die Unterwelt betreten hatte, noch nicht angegriffen worden war, konnte es nur eine Schlussfolgerung geben: Cole befand sich genau da, wo Täuschung ihn haben wollte. Cole sah seine Einschätzung der Lage bestätigt, auch wenn er Phoebes Befreiung dadurch noch keinen Schritt näher war. Noch nicht.

Offensichtlich musste er sich zunächst mal Zutritt zu dem Château beschaffen. Die Frage war nur, wie sollte er das anstellen? Er konnte kaum zur Vordertür marschieren und einfach anklopfen. Oder doch? Hatte er nicht gerade herausgefunden, dass Täuschung ihn sein Château bereitwillig hatte finden lassen? Konnte das nicht auch bedeuten, dass Täuschung ihm ebenso bereitwillig den Zutritt gewähren würde?

Die Mühelosigkeit, mit der Cole das Château gefunden hatte, konnte natürlich auch nur ein Trick sein. Ein Köder, um ihn anzulocken und unversehens auszulöschen. Aber irgendwie glaubte Cole nicht daran. Täuschung bevorzugte offenbar die direkte, persönliche Konfrontation. Er wollte Cole eigenhändig töten. Das wiederum bedeutete, dass er Cole hineinlassen musste, was Coles Plänen durchaus entgegenkam.

Außerdem hatte Täuschung einen viel besseren Köder als das Château in der Hand. Nämlich das, was sich im Innern verbarg. Phoebe.

Cole stand auf. Er war mit seiner Einschätzung der Lage zufrieden, ganz gleich, ob er sich damit zur Zielscheibe machte oder nicht. *Showtime*, dachte er. Wenn Täuschung ihn eigenhändig erledigen wollte, sollte er seinen Willen bekommen.

Cole kletterte furchtlos den Hang hinunter und marschierte auf das Château zu. Auf den Ort, an dem es zum Entscheidungskampf zwischen dem Dämon, der zum Menschen geworden war, und dem Mann, der sich einem Dämon verpflichtet hatte, kommen würde.

Während Cole mit großen Schritten seinem Ziel entgegenging, wurde ihm mit einem kalten Klumpen in der Magengrube bewusst, dass nur einer von ihnen diesen Kampf überleben würde.

20

Phoebe schlich durch den Korridor und gab sich alle Mühe, nicht vor Enttäuschung zu platzen. Nicks Château mochte sein Palast sein, aber es war auch ein verdammtes Labyrinth, dachte Phoebe niedergeschlagen. Es kam ihr vor, als würde sie schon seit Stunden durch die Gänge schleichen, um einen Weg nach draußen zu finden. Doch allem Anschein nach hatte sie sich nur im Kreis bewegt.

Einer von beiden würde nachgeben müssen. Phoebe oder das Château.

Sie passierte einen Gobelin mit der Abbildung eines Hirsches, der von einem Rudel Hunde zerrissen wurde. Sie blieb für den Bruchteil einer Sekunde stehen. War sie nicht schon einmal an diesem Gobelin vorbeigekommen? Nein, entschied sie. Der andere Gobelin hatte einen Fuchs gezeigt, der von einem Rudel Bluthunde zerfetzt wurde. Offenbar hatte Nick eine Menge für Kunstwerke mit Jagdmotiven übrig, die vorhersehbare Resultate zeigten.

Konzentriere dich, Halliwell, ermahnte sich Phoebe und eilte weiter. Sie hatte also einige Schwierigkeiten. Aber das war zu erwarten gewesen. Schließlich befand sie sich in der Hochburg des Feindes. Da konnte sie kaum damit rechnen, dass man es ihr besonders leicht machte. Außerdem, wenn die Bilder, die Täuschung ihr vorhin gezeigt hatte, die Wirklichkeit darstellten, dann war die Umgebung, durch die sie schlich, viel angenehmer als jene, in der sich Cole gegenwärtig aufhielt.

Cole. Schatz. Wo bist du jetzt?, dachte sie. Sie erreichte eine Kreuzung und wandte sich diesmal nach rechts. An der Steinwand neben ihr enthüllte eine der brennenden Fackeln, die die Korridore des Châteaus erhellten, einen weiteren Gobelin, dem Phoebe jedoch keine Beachtung schenkte.

In Wahrheit konnte Cole inzwischen längst tot sein, und Phoebe würde es nie erfahren. Nein! Das ist nicht wahr!, durchfuhr es sie. Sie blieb wie angewurzelt stehen. Wenn Cole ums Leben gekommen wäre, hätte sie Bescheid gewusst. Sie waren zu sehr miteinander verwachsen, um dies nicht irgendwie zu spüren.

Kannst du mich fühlen, Cole?, dachte sie, als sie weiterging. Weißt du, dass ich frei bin? Nun, so gut wie jedenfalls. Weißt du, dass ich dich zu finden versuche?

Sie bog um die nächste Ecke und lief ihm direkt in die Arme.

»*Cole!*«, rief Phoebe. »Gott sei Dank habe ich dich gefunden. Gott sei Dank ist dir nichts passiert.«

»Still, Phoebe. Es ist alles okay«, gab Cole zurück. Als sich seine starken Arme um sie legten, wurde Phoebe von Myriaden unterschiedlicher Gefühle überwältigt, die so übermächtig waren, dass sie heftig erbebte. Zorn. Furcht. Triumph. Sehnsucht. Sie wusste nicht genau, ob das, was sie fühlte, von ihrem eigenen Herzen ausging oder von dem Mann, der sie in seinen Armen hielt.

Phoebe wich zurück und sah in Coles Gesicht. »Wie hast du mich gefunden?«, fragte sie.

Cole schnaubte und drängte sie hastig durch den Korridor. »Eigentlich war es ziemlich einfach. Der gute alte Täuschung ist anscheinend nicht so schlau, wie er meint.«

»Ich weiß«, sagte Phoebe und lief weiter. »Eigentlich tut er mir irgendwie Leid.«

Cole blieb so abrupt stehen, dass Phoebe gegen ihn

prallte. »Er tut dir *Leid*? Er entführt dich in die Unterwelt, bedroht dein und mein Leben, und er tut dir Leid?«

»Er ist tief verletzt worden«, erklärte Phoebe. Coles Tonfall zwang sie, ihre Reaktion zu verteidigen. »Er hat eine falsche Entscheidung getroffen, und jetzt ist er ihr Gefangener, obwohl ich nicht glaube, dass er sich dessen bewusst ist. Ich will damit nicht sagen, dass ich auf seiner Seite stehe oder so, aber, ja, er tut mir Leid.«

Coles Augen verengten sich gefährlich. »Das klingt so, als wärt ihr beiden euch näher gekommen. Verrat mir mal was, Phoebe. Habe ich für nichts den ganzen Weg zurückgelegt und mein Leben riskiert?«

Phoebe stockte der Atem. Sie wich langsam einen Schritt zurück, dann noch einen, bis sie außerhalb seiner Reichweite war. »Sie sind nicht Cole. Sie sind Täuschung.«

Das Wesen mit Coles Gesicht lachte, dann veränderten sich seine Züge. Einen Moment glich die Sequenz einer Wiederholung dessen, was Phoebe bereits gesehen hatte, als sie Täuschung zur Offenbarung seines wahren Äußeren zu bewegen versucht hatte. Die Züge verschwammen, als würden sie sich irgendwie zusammenfalten, dann konnte Phoebe sehen, wie sich allmählich Nicks Gesicht herausbildete und das von Cole ersetzte. Die moderne Kleidung blieb dieselbe. Wahrscheinlich weil sich in ihr leichter kämpfen ließ, dachte Phoebe.

»Sehr gut«, lobte Nick. »Ich habe mich gefragt, wie lange Sie brauchen würden, um den Schwindel zu durchschauen.«

»Und wie lange habe ich gebraucht?«, fragte Phoebe mit zusammengebissenen Zähnen.

Nick sah auf seine Armbanduhr. »Knapp unter zwei Minuten«, teilte er ihr mit. »Schneller als ich erwartet habe, das muss ich Ihnen lassen. Sagen Sie mir, Phoebe, was hat Ihr Misstrauen erregt?«

»Ihr Verhalten«, erklärte Phoebe, die keinen Grund sah, nicht ehrlich zu ihm zu sein. »Cole hätte sich niemals gefragt, ob er sein Leben für nichts aufs Spiel gesetzt hat. Und er hätte niemals geglaubt, dass ich meine Zeit hier unten damit verbracht habe, mit Ihnen anzubändeln. Er weiß, dass er mir vertrauen kann.«

Nick wölbte eine Augenbraue. »Tatsächlich?«, sagte er. »Das sah an jenem Abend aber ganz anders aus.«

»Das war damals, jetzt ist jetzt«, entgegnete Phoebe schlicht, aber nachdrücklich. »Menschen mögen Fehler machen, aber Cole ist ein Mann, der nicht zweimal denselben Fehler macht.«

»Sie scheinen sich dessen sehr sicher zu sein«, stellte Nick fest.

»Das liegt daran, dass ich mir sicher bin.«

»Und Sie sind genauso sicher, dass Sie sich selbst vertrauen können?«

»Was zum Teufel soll das wieder heißen?«, fragte Phoebe.

Nick grinste und legte den Kopf schief, als würde er auf etwas lauschen, das Phoebe verborgen blieb. Sie spürte, wie ihr ein Schauer über den Rücken lief. Er führt definitiv etwas im Schilde, dachte sie. Was auch immer passiert sein mochte, seit sie ihn zum letzten Mal gesehen hatte, Nick hatte seine Selbstsicherheit zurückgewonnen. Er hatte wieder die Kontrolle, und Phoebe konnte nicht gerade behaupten, dass ihr das gefiel.

»Ich mache Ihnen einen Vorschlag«, fuhr Nick fort. »Finden wir es heraus. Ihre Gelegenheit ist auf dem Weg. Sie müsste ... *jetzt* auftauchen.«

Phoebe zog eine blitzschnelle Schlussfolgerung. »Cole! Pass auf!«, schrie sie in dem Moment, als Cole um die Ecke bog.

»Lauf, Phoebe«, befahl er. Dann warf er sich, ohne zu zögern, auf Täuschung.

Bevor Phoebe Coles Vorschlag zurückweisen konnte – sie würde bestimmt nicht wegrennen und ihn allein kämpfen lassen –, tauchten zwei Dämonendiener hinter ihr auf und packten ihre Arme. Phoebe wehrte sich, doch es war zwecklos. Sie war eine gute Kämpferin, aber das plötzliche Auftauchen der Dämonen hatte sie überrascht. Täuschung hatte bis zu diesem Moment den Eindruck erweckt, als wollte er allein mit ihr und Cole fertig werden.

Er geht kein Risiko ein, dachte Phoebe. Er will um jeden Preis gewinnen. Frustriert, wütend auf sich selbst und hilflos stand sie da und beobachtete den Kampf zwischen Cole und Täuschung.

Täuschung wehrte Coles Ansturm ab, indem er sich duckte und Cole über seine Schulter warf. Cole überschlug sich in der Luft, landete auf beiden Beinen, wirbelte herum und ging in Kampfstellung. Täuschung folgte seinem Beispiel. Mehrere rasende Herzschläge lang starrten die beiden Widersacher einander reglos an.

Wie ähnlich sie sich sind, dachte Phoebe. Wie zwei Seiten einer Münze.

»Sie versuchen noch immer den Helden zu spielen, nicht wahr?«, höhnte Nick, während er und Cole einander umkreisten. »Aber sie ist es nicht wert.«

»Verschonen Sie mich damit«, knurrte Cole. »Und fürs Protokoll, nach meiner Erfahrung ist es viel befriedigender, zu den Guten zu gehören.«

Nick stieß ein kurzes Lachen aus. »Nur weil Sie alles falsch verstanden haben.«

»Das glaube ich nicht.« Cole machte unerwartet einen Ausfallschritt nach links. Doch Nick konterte sofort. Sie stellen sich gegenseitig auf die Probe, dachte Phoebe, die die Techniken erkannte, die Cole ihr beigebracht hatte. Jeder suchte nach der Schwachstelle des anderen, bevor der eigentliche Kampf begann.

Nach Phoebes Eindruck waren Cole und Nick einander fast ebenbürtig. Was wird den Ausschlag geben?, fragte sie sich. Die Macht der Liebe oder die Macht des Schmerzes? Welche von beiden wird sich als stärker erweisen?

»Also«, sagte Cole, während er eine Finte von Nick konterte, »was soll nun werden, Gerrard? Stehen wir den ganzen Tag hier herum und quatschen, oder klären wir die Sache endlich?«

Nick grinste. »Ich dachte schon, Sie würden nie fragen.«

Dann ging er auf Cole los und änderte seine Gestalt, noch während Cole zu reagieren versuchte. Phoebe sah entsetzt zu, wie sich Nicks Körper in etwas verwandelte, das nicht länger menschlich war, in ein Wesen, das einem Mitternachtshorrorfilm entsprungen zu sein schien. Ein Wesen mit einem massigen, mächtigen Körper und Armen, die doppelt so lang waren wie die eines Menschen und in gewaltigen Klauen endeten.

Die Dämonen, die Phoebe festhielten, johlten begeistert, als die Klauen durch die Luft sausten und nach Cole schlugen, der im allerletzten Moment auswich. Die Klauen trafen mit einem schrecklichen Klatschen die Wand. Täuschung heulte vor Schmerz auf, als Steinsplitter auf ihn prasselten.

Ehe Täuschung seine Gestalt abermals verändern konnte, ließ Cole ein Brüllen hören, senkte den Kopf und griff an.

Sein Schädel rammte Täuschungs Brust. Die beiden stolperten zurück. Cole schlang die Arme um den Leib seines Widersachers und klammerte sich an ihn, um so die Kampfkraft der langen Arme und großen Klauen zu behindern. Dann verwandelte sich Täuschung zu Phoebes Entsetzen erneut. Sein Körper wurde lang und schlangenartig. Er entschlüpfte Coles Griff, glitt zu Boden und befand sich plötzlich hinter ihm. Cole wirbelte herum und ging wieder in Kampfstellung. Täuschung richtete sich auf und nahm wieder menschliche Gestalt an.

Besser, aber längst nicht gut, dachte Phoebe.

Wäre sie diesem Kerl in der Oberwelt begegnet, hätte sie bestimmt die Straßenseite gewechselt, um ihm auszuweichen. Täuschungs neuer Körper war groß und kräftig und brachte fast die Nähte seiner Kleidung zum Platzen. Seine Augen waren blutunterlaufen und zusammengekniffen. Eine animalische Klugheit blitzte aus ihnen. Er sah wie ein Neandertaler auf Steroiden aus. Doch er näherte sich Cole so geschmeidig wie ein Tänzer und schützte sein Gesicht mit den Fäusten. Hinter ihnen teilten sich die Lippen zu einem höhnischen Lächeln.

»Es kommt mir so unfair vor, als Übermensch zu kämpfen«, meinte Täuschung, als er eine Faust mit der Wucht eines Projektils abfeuerte. Der mächtige Schlag verfehlte Coles Gesicht nur um einen Zentimeter. Die Gegner tänzelten umeinander und standen sich dann wieder gegenüber. Täuschung wippte auf den Fußballen wie ein Boxer. Cole blieb geduckt und wiegte sich hin und her.

»Etwas mehr *Menschlichkeit*«, grunzte Täuschung und schoss ein weiteres Mal seine Faust ab. Wieder gelang es Cole im allerletzten Moment, dem Hieb auszuweichen. »Etwas mehr Menschlichkeit erscheint mir irgendwie persönlicher, finden Sie nicht auch?«

»Ich finde, Sie reden zu viel«, knurrte Cole.

Täuschung lachte, ein Laut, der eine Gänsehaut auf Phoebes Arme jagte.

»Okay, ich höre sofort damit auf«, sagte er in einem umgänglichen Ton. »Ich würde Sie sowieso viel lieber in Stücke reißen.«

Noch bevor Täuschung die letzten Worte ausgesprochen hatte, holte er, wie schon zweimal zuvor, mit der rechten

Faust aus. Doch als Cole nach links auswich, sauste plötzlich Täuschungs Rechte durch die Luft.

Phoebe hörte den dumpfen Aufschlag von Fleisch auf Fleisch. Ein Knirschen wie von brechenden Knochen. Coles Kopf flog wie der einer Puppe nach hinten, Blut strömte über sein Gesicht. Bei diesem Anblick jubelten die Dämonen, die Phoebe festhielten, vor Begeisterung, entließen sie aber nicht aus ihrem Griff.

Cole stolperte einige Schritte zurück und richtete sich dann wieder auf. Phoebe verkrampfte sich in der Erwartung, dass Täuschung, um sein Werk zu beenden, erneut angreifen würde. Aber zu ihrem Erstaunen wich er tänzelnd zurück. Er will den Kampf in die Länge ziehen, um mit Cole zu spielen, dachte sie. Eine Einsicht, die von Täuschungs nächsten Worten bestätigt zu werden schien.

»Sie haben doch nicht wirklich geglaubt, dass Sie gegen mich bestehen können, oder?«, fragte er und stürmte los, um einen zweiten Treffer zu landen. Doch Cole blockte den Schlag mit dem Arm ab, versetzte Täuschung einen wuchtigen Magenschwinger und schickte einen zweiten hinterher. Täuschung grunzte und tänzelte abermals zurück.

Gut für dich, Cole, dachte Phoebe. Aber selbst sie konnte erkennen, dass Coles Schläge wenig Wirkung erzielten. Es war, als würde er mit einem Telefonmast boxen. Cole war in vielerlei Hinsicht der beste Kämpfer, den sie kannte. Er war hervorragend trainiert. Diszipliniert. Schnell und stark. Aber die bittere Wahrheit war, dass Cole für die Gestalt, die Täuschung angenommen hatte, kein ebenbürtiger Gegner war, ganz gleich, wie hart sein Training auch sein mochte. Phoebe bezweifelte, dass ein Normalsterblicher überhaupt gegen ihn bestehen konnte.

Das ist wohl auch Sinn der Übung, dachte sie. Das hier war ein Teil der Lektion, die Täuschung ihm erteilen wollte und die besagte, dass er die richtige Wahl getroffen hatte und Cole die falsche.

»Wie lange werden Sie Ihrer Meinung nach noch durchhalten?«, fragte Täuschung, als er sich Cole erneut mit geschmeidigen Bewegungen näherte. »Sie werden früher oder später ermüden. Vermutlich früher.«

Unvermittelt und so schnell, dass seine Bewegungen verschwammen, wirbelte er herum, trat wie ein Kung-Fu-Experte zu und rammte Cole wuchtig einen Fuß in den Unterleib. Cole grunzte, als ihm die Luft aus der Lunge getrieben wurde. Dennoch reagierte er immer noch sehr schnell. Kaum hatte der Tritt ihn getroffen, griff er nach Täuschungs Fußknöchel und riss ihn brutal herum. Doch wieder richtete Täuschung den Schwung von Coles Angriff gegen ihn selbst.

Phoebe beobachtete, wie Täuschungs Gestalt schrumpfte und er die Arme vor der Brust verschränkte. Er drehte sich wie ein Eiskunstläufer, streckte den Körper dabei jedoch so weit aus, dass er schließlich eine horizontale Position einnahm, was kein Eiskunstläufer jemals geschafft hätte. Als er wieder auf den Füßen landete, verwandelte er sich wieder in die vorige Riesengestalt und glitt leichtfüßig außer Reichweite.

»Sie erkennen das Problem, nicht wahr?«, fuhr er fort. Er ist nicht einmal außer Atem, dachte Phoebe. Obwohl Cole fit war, schnappte er nach Luft und erholte sich noch immer von Täuschungs wuchtigem Tritt.

»Sie haben nur eine Gestalt, eine Gestalt, die nur eine bestimmte Zahl Treffer aushalten kann. Ich aber verfüge über unendliche Möglichkeiten. Wenn eine erschöpft oder verletzt ist, kann ich einfach eine andere annehmen.«

Als wollte er seinen Worten damit Nachdruck verleihen, verwandelte sich Täuschungs Körper in einem endlos scheinenden Übergang von einer Gestalt in die nächste. Der Vorgang erinnerte Phoebe an jene Werbespots, in denen der Hintergrund stets derselbe blieb, während sich die Person, die das Produkt anpries, ständig veränderte. Täuschung nahm so viele verschiedene Gestalten an, dass sie dem Wechsel bald nicht mehr zu folgen vermochte.

Schließlich hörten die Transformationen auf, und wieder standen sich Nick Gerrard und Cole Turner gegenüber.

»Warum geben Sie nicht einfach auf?«, fragte Nick sanft. Seine Stimme klang nicht länger höhnisch, sondern freundlich und aufrichtig, als wäre er plötzlich Coles bester Freund. Als wollte er, dass Cole ihm vertraute.

»Ich verspreche Ihnen einen schnellen, schmerzlosen Tod statt eines langsamen und schmerzhaften. Sie wollen doch nicht, dass Phoebe Sie leiden sieht, oder doch? Zumindest das sollten Sie Ihr ersparen.«

»Ersparen Sie mir lieber Ihr Geschwätz«, versetzte Cole giftig. »Warum lassen Sie uns nicht einfach gehen?«

Nick lachte. »Das ist unglücklicherweise nicht möglich. Ihr Leben für meine Freiheit. Ich fürchte, das ist ein unverzichtbarer Bestandteil meines Pakts. Meiner Weiterentwicklung.«

»Also darum geht es«, stellte Cole fest. »Sie versuchen die Abmachung zu ändern. Sagen Sie mir nicht, dass Ihr Dasein als Illusionsjunge seinen Charme verloren hat.«

Nick lachte erneut. »Schwerlich. Aber das Dasein als Diener definitiv. Wenn ich Sie töte, werden meine Kräfte mir für immer selbst gehören. Nicht einmal die Macht der Finsternis kann sie mir dann noch wegnehmen.«

»Sie glauben doch nicht wirklich, dass sich die Macht der Finsternis an den Pakt halten wird?«, fragte Cole.

»Eigentlich doch«, antwortete Nick. »Sie sollten darin ein Kompliment sehen. Es beweist, wie sehr sie sich Ihren Tod wünscht.«

»Reden Sie weiter, und Sie werden mich am Ende zu Tode langweilen«, bemerkte Cole.

»Sie wollen das hier schnell beenden? Von mir aus. Um die Wahrheit zu sagen, Sie gehen mir sowieso allmählich auf die Nerven.«

»*Nein!*«, schrie Phoebe. Sie wollte losstürmen, aber die Dämonen rissen sie zurück, und die rauen Schuppen an ihren Händen bohrten sich in ihre Arme.

Es war sowieso zu spät. Nick und Cole setzten ihren tödlichen Kampf bereits fort.

21

»ICH WERDE DEM EIN ENDE MACHEN«, sagte Paige. »Sofort.«

Auf dem Dachboden von Halliwell Manor gab Piper ein gequältes Stöhnen von sich. Blut quoll ihr aus Mund und Nase.

Der Entscheidungskampf zwischen Cole und Täuschung hatte Cole so schnell in Lebensgefahr gebracht, dass Paige keine Zeit geblieben war, ihren Rettungsplan in die Tat umzusetzen, ehe auch Piper Schaden genommen hatte. Die Verbindung, die der Suchzauber zwischen Piper und Cole hergestellt hatte, bestand offenbar noch immer.

»Sei vorsichtig, Paige«, warnte Leo. »Du hast gesehen, wie mächtig Täuschung ist. Er muss nur einen Treffer landen und schon ...«

»Dann sorge ich eben dafür, dass das nicht passiert«, fiel Paige ihm entschlossen ins Wort. Sie warf einen letzten Blick in die Zauberschüssel und prägte sich die Einzelheiten von Phoebes und Coles Umgebung genau ein.

»Okay«, sagte sie dann und holte tief Luft. Einen Moment sah sie in Leos besorgte Augen. »Hier kommt das Überraschungselement.«

Paige nahm all ihre Kraft zusammen und entmaterialisierte. Sie konnte das Prickeln spüren, das den Vorgang stets zu begleiten schien und stärker wurde, bis Paige das Gefühl hatte, inmitten eines Gewitters zu stehen. Die Empfindung war indes noch nie so stark gewesen wie jetzt. Es war fast schmerzhaft.

Die vertraute Umgebung von Halliwell Manor verschwand. Im nächsten Moment fuhr ein brennender Schmerz durch Phoebes Körper, als wäre sie unversehens gegen eine Ziegelsteinmauer geprallt. Dann landete sie wieder rücklings auf dem Boden der Dachkammer.

»*Nein!*«, stöhnte sie und richtete sich mühsam auf. Ihr ganzer Körper fühlte sich wund an.

»Was ist passiert?«, fragte Leo entsetzt.

»Ich bin mir nicht sicher«, gestand Paige. »In dem einen Moment war alles in Ordnung, aber im nächsten fühlte es sich an, als wäre ich gegen eine Wand gerannt. Dann bin ich wieder hier gelandet.«

»Ich vermute, du bist gegen die Barriere geprallt, die die Unterwelt von der Oberwelt trennt«, sagte Leo. »Du müsstest sie überwinden, um Phoebe und Cole zu erreichen. Aber das erfordert eine Menge psychischer und physischer Energie. Glaube mir, ich weiß Bescheid.«

»Weil du schon einmal dort warst«, sagte Paige in dem Bewusstsein, nur das Offensichtliche in Worte zu kleiden.

Leo nickte. »Und wie es aussieht, werde ich dorthin zurückkehren müssen«, erklärte er und richtete sich auf.

»Nein, Leo, das kannst du nicht!«, protestierte Paige. Schnell trat sie an seine Seite und bedeutete ihm, bei Piper zu bleiben.

»Wir haben das bereits besprochen. Es ist zu riskant. Außerdem denke ich nicht, dass du Piper allein lassen kannst. Wenn du es doch tust ...«

Paige brach ab.

»... haben wir Phoebe und Cole verloren«, beendete Leo den Satz ohne Umschweife. Am Boden gab Piper ein leises Ächzen von sich. Ihre Atemzüge veränderten sich und klangen jetzt seltsam rasselnd.

»Noch ist es nicht so weit«, erklärte Paige. »Es muss irgendwas geben, das wir tun können.«

Sie ging durch den Raum, als würde die Bewegung ihrem verzweifelten Gehirn helfen, sich etwas einfallen zu lassen. »Wenn wir nur eine direkte Verbindung hätten«, sagte sie.

»Genau genommen haben wir die«, erwiderte Leo. »Wir haben Pipers Suchzauber.«

Paige wirbelte plötzlich herum und eilte zu dem Tisch, auf dem die Wasserschüssel noch immer Phoebes und Coles Position zeigte.

»Das Wasser!«, rief sie. Piper gab auf dem Boden neben Leo ein weiteres Ächzen von sich.

»Was hast du vor?«, wollte Leo wissen. »Raus damit.«

»Ich kann das Wasser nicht berühren, weil ich damit den Suchzauber brechen würde, richtig?«, fragte Paige.

Leo nickte.

»Aber das wäre vielleicht ganz gut«, fuhr Paige fort. »Es könnte Piper helfen. Sie würde dann nicht länger unter Coles Verletzungen leiden.«

»Aber auf diese Weise würden wir Phoebe und Cole garantiert verlieren«, wandte Leo ein.

»Nicht unbedingt«, widersprach Paige. »Nicht, wenn ich einen weiteren Zauber wirke.«

Einen Moment herrschte Stille, während Leo diese neue Möglichkeit bedachte. Dann nickte er.

»Tu es.«

Paige wandte sich der Zauberschüssel zu. Sie versuchte nicht auf die Bilder zu achten, die sie dort sehen konnte. Cole, blutend auf dem Boden. Phoebe, die sich verzweifelt gegen die Dämonen wehrte, die sie festhielten. Täuschung, die attraktive Larve, die er gewählt hatte, triumphierend verzerrt. Dann trübten sich die Bilder.

Mir rennt die Zeit davon, dachte sie. Offenbar wollte Täuschungs Meister Coles Tod mit eigenen Augen sehen.

Die Macht der Finsternis erschien.

Paige holte tief Luft, um ihre Nerven zu beruhigen. Dann stimmte sie ihren Beschwörungszauber an.

»Erde. Luft. Wasser. Feuer.
Gebt mir nun, was mir ist teuer.
Bringt zu mir her, was mein.
So will ich es, so soll es sein.
Bringt mir Phoebe und Cole!«

Dann tauchte Paige mit einem Aufschrei die Hände ins Wasser.

22

»PHOEBE«, KRÄCHZTE COLE.

Phoebe befreite sich mit einem Ruck aus der Umklammerung von Täuschungs Dämonendienern. Diesmal unternahm dieser nichts, um sie aufzuhalten. Phoebe eilte an Coles Seite.

»Sag jetzt nichts«, ermahnte sie ihn und kniete neben ihm nieder. »Schone deine Kräfte. Wir sind zusammen. Das ist alles, was zählt. Du hast es geschafft. Du hast mich gefunden, Cole.«

»Liebe ... Paige«, keuchte Cole.

»Ich weiß. Ich liebe Paige auch«, sagte Phoebe besänftigend. Oh, Gott, dachte sie. Er fantasiert. Das Ende musste jetzt sehr nahe sein.

»Nun, Cole?«, fragte Nick. »Denken Sie noch immer, dass es besser ist, zu den Guten zu gehören? Ich schätze, Sie haben vergessen, wie die netten Kerle enden. Danke, dass Sie mir die Gelegenheit gegeben haben, Sie daran zu erinnern.«

Da begannen ohne Vorwarnung die Fackeln, die den Korridor erhellten, zu flackern, und die Hälfte von ihnen erlosch.

Oh, nein, dachte Phoebe. Sie hatte so ein Gefühl, dass dies nur eines bedeuten konnte.

»Ausgezeichnet«, sagte Nick, ihre schlimmsten Befürchtungen bestätigend. »Mein Meister kommt. Ich hatte mir schon gedacht, dass er dabei sein wollen würde. Aber danach wird er nicht mehr mein Meister sein.«

Die Fackeln flackerten erneut, bis nur noch eine brannte,

jene, die sich direkt über Phoebe und Cole befand. Sie spendete genug Licht, um Phoebe Nick Gerrards Gesicht erkennen zu lassen. Wie habe ich ihn nur jemals anziehend finden können?, fragte sie sich. Im trüben Dämmerschein der Unterwelt sah Nicks Gesicht nur mehr selbstsüchtig und grausam aus.

»Ich stehe kurz davor, alles zu bekommen, was ich mir je erträumt habe, Phoebe«, sagte er jetzt. »Haben Sie auch nur eine Ahnung, wie sich das anfühlt? Ich schätze, ich schulde Ihnen Dank. Schließlich haben Sie es erst möglich gemacht. Wären Sie nicht so leichtgläubig gewesen, wäre nichts von alledem passiert.«

»So menschlich, meinen Sie«, erwiderte Phoebe und verstärkte ihren Griff um Cole. Sie wusste, dass Nick nicht nur über sie, sondern auch über sich selbst sprach. »Ganz gleich, was jetzt kommt, ich bin lieber das, was *ich* bin, als das, was *Sie* sind.«

»Sie sind also lieber tot?«, höhnte Nick, während die Fackel über Phoebes Kopf wild flackerte. Eine schreckliche Kälte schien durch den Korridor zu kriechen.

»Phoebe«, hörte sie Cole keuchen. »Ich liebe dich.«

»Ich liebe dich auch, Cole«, gab Phoebe zurück.

»Nun«, warf Nick ein, »das nenne ich rührend. Ich kann es kaum erwarten zu sehen, was Sie beide als Nächstes tun werden.«

Wie auf ein Stichwort wurde der Korridor plötzlich von Licht durchflutet. Phoebe hörte Nick einen wütenden und enttäuschten Schrei ausstoßen. Dann wurde die Helligkeit um sie herum so grell, dass sie nur noch eines tun konnte.

Sie klammerte sich mit aller Kraft an Cole und schloss die Augen.

23

ALS SIE DIE AUGEN WIEDER AUFSCHLUG, saß sie auf dem Boden der Dachkammer von Halliwell Manor und hielt noch immer Cole in den Armen. Leo trat auf sie zu. Paige saß neben einem kleinen Tisch. In ihren Armen lag ohnmächtig Piper.

»Paige«, krächzte Phoebe. »Piper, was ...?«

»Keine Sorge«, beruhigte Paige sie. »Sobald Leo Cole geheilt hat, wird sich auch Piper wieder erholen. Die Verbindung, die der Suchzauber zwischen ihnen geschaffen hat, war ein wenig stärker, als wir gedacht hatten.«

Phoebe beobachtete besorgt, wie Leo eine Hand auf Coles Brust legte, direkt über seinem Herzen. Die andere platzierte er auf seinem Kopf. Leo schloss die Augen. Phoebe konnte sehen, wie die heilende Energie des *Wächters des Lichts* in Coles Körper strömte.

Bitte, betete sie stumm. Lasst Leos Heilkräfte genügen. Macht ihn wieder gesund. Wenn nicht, würde sie vielleicht eine weitere Schwester und den Mann verlieren, den sie liebte. Coles Opfergang wäre vergeblich gewesen. Und die Macht der Finsternis würde am Ende doch noch gewinnen.

Nach ein paar gespannten Sekunden lehnte sich Leo zurück. Cole holte tief Luft und öffnete die Augen. Sofort suchte er Phoebes Blick. Einen langen Moment sprach keiner ein Wort.

»Hi«, sagte Cole schließlich.

»Hi.«

»Ich schätze, wir haben es geschafft, was?«

»Sieht so aus«, nickte Phoebe.

Coles Blick wanderte langsam durch den Raum, bis er auf Paige fiel. »Was ist mit Piper?«

»Nichts«, antwortete Piper selbst und setzte sich auf. »Aber das war vorerst der letzte Unterweltsuchzauber, den ich gewirkt habe.«

Leo stand auf und streckte Cole eine Hand hin. »Geh es langsam an«, sagte er, als er ihm auf die Beine half.

»Danke«, antwortete Cole. Er traf zuerst Leos Blick, dann sah er nacheinander Paige und Piper an. »Das ist mein Ernst. Vielen Dank.«

»Keine Ursache«, erwiderte Piper. »Aber wenn du eine Pizza ausgeben willst, habe ich nichts dagegen einzuwenden. Ich weiß nicht, wie es euch geht, aber ich bin am Verhungern.«

»Eine Hälfte mit extra Peperoni, die andere mit allem Drum und Dran?«, erkundigte sich Cole.

»Auf keinen Fall«, warf Paige ein. »Ich dachte eher an jeweils eine ganze.«

Cole lachte. Phoebe fand, dass dies der schönste Laut war, den sie je gehört hatte.

»Okay«, sagte er. »Ganz wie du willst.« Seine Augen suchten Phoebes Blick, dann ging er zu ihr und nahm sie sanft in die Arme. Phoebe legte ihren Kopf an Coles Brust. Sie konnte seinen Herzschlag hören, regelmäßig und kräftig.

Er war am Leben und gesund. Sie waren zusammen. Alles hatte ein glückliches Ende genommen.

»Eins habe ich von dieser Familie gelernt«, flüsterte Cole Phoebe ins Ohr. »Nämlich wie man harte Forderungen stellt.«

24

Ein paar Stunden später hatte sich die Familie im Wohnzimmer versammelt, voll gestopft mit Pizza und Salat. Nachdem die Nebenwirkungen der außergewöhnlich starken Verbindung zu Cole verflogen waren, hatte sich Piper rasch erholt und zur Feier des Tages Brownies gemacht. Ihr Duft erfüllte den Raum.

Leo hatte bereits versucht, einen zu stibitzen. Doch Piper hatte ihn dabei ertappt. Um ihn von ihnen fern zu halten, war sie gezwungen gewesen, sich auf seinen Schoß zu setzen. Cole und Phoebe schmiegten sich vor dem Kamin aneinander, während Paige die ganze Couch für sich allein beanspruchte.

»Nun, was ist eurer Meinung nach aus Täuschung geworden?«, wollte Paige wissen.

»Er hat verloren«, antwortete Phoebe schmucklos. »Wir haben gewonnen. Vermutlich mit den üblichen Konsequenzen in der Unterwelt.«

»Also hat er bekommen, was er verdient hat«, sagte Paige.

»Ich denke, davon können wir ausgehen«, warf Cole ein. »Nachsicht gehört nicht unbedingt zu den Stärken der Mächte der Finsternis.«

Paiges Blick wanderte zu Piper. »Apropos Nachsicht«, sagte sie gedehnt, »es gibt etwas, das Piper und ich gerne klären würden.«

Phoebes verwirrter Blick huschte von einer Schwester zur anderen. »Ihr wollt, dass ich euch verzeihe, dass ihr unter Druck brillant seid und uns gerettet habt?«

»Na ja, dafür darfst du uns ruhig dankbar sein«, erwiderte

Piper, als sie von Leos Schoß rutschte und an Paiges Seite trat. »Aber ich denke, sie meint etwas, das vor dieser Geschichte passiert ist. Übrigens kannst du dir jetzt einen Brownie nehmen, Leo.«

Leo grinste auf dem Weg zu dem Teller mit den Brownies. »Ich liebe es, wenn sie mich wie einen Zwölfjährigen behandelt.«

»Gib mir auch einen«, bat Cole. »Einen großen. Ich denke, wir stehen kurz vor einem großen Halliwell-Augenblick.«

Phoebe versetzte ihm einen spielerischen Schlag gegen die Schulter. »Sei still.« Sie musterte nachdenklich ihre beiden Schwestern. »Es geht um euer seltsames Verhalten, oder?«, fragte sie. »Mir ist schließlich nicht entgangen, dass ihr irgendwas im Schilde geführt habt.«

Paige verzog das Gesicht. »Wir wollten dir nur eine Überraschung bereiten. Wenn wir gewusst hätten, dass du mit einer Unterweltgröße essen würdest, wären wir bestimmt mit dir ausgegangen.«

»Okay, raus damit«, sagte Phoebe. »Was ist euer großes, finsteres Geheimnis?«

Paige und Piper wechselten einen Blick.

»Wir haben dir einen Tag in deinem Lieblingserholungsbad gebucht«, platzten dann beide heraus.

»*Was?*«, rief Phoebe.

»Du weißt schon – damit du dich vor deiner Hochzeit noch mal so richtig verwöhnen lassen kannst. Als eine Art Ersatz für den Polterabend«, erklärte Piper.

»Wir wollten sichergehen, dass dein Lieblingserholungsbad auch das beste ist, deshalb mussten wir einige Nachforschungen anstellen«, fuhr Paige fort. »Aber jedes Mal, wenn wir darüber reden wollten, was wir herausgefunden hatten, bist du aufgetaucht und hast uns unterbrochen.«

Phoebe schüttelte ungläubig den Kopf. »Das wird mich lehren, keine voreiligen Schlüsse mehr zu ziehen«, sagte sie dann. »Jedes Mal, wenn ihr bei meinem Auftauchen verstummt seid, dachte ich, ihr hättet über mich und Cole geredet. Weil ihr nicht mit unserer Heirat einverstanden seid. Mit ihm. Ihr wisst schon.«

Cole setzte sich aufrecht hin. »Hey, Augenblick mal«, protestierte er.

»Wir sind einverstanden«, widersprach Piper nachdrücklich. »Wir sind deine Schwestern und wir lieben dich. Und Cole.« Sie sah Paige an.

»Und wir vertrauen euren Entscheidungen«, fügte Paige hinzu.

Phoebe fühlte sich von einer warmen Woge durchflutet. »Und darauf kommt es am Ende an, nicht wahr? Vertrauen.«

»Ich bin wirklich froh, dass du das sagst«, sagte Paige. »Bedeutet das, dass ich den Geländewagen haben kann, wann immer ich will?«

Lautes Gelächter hallte durch den Raum, als die letzten Spannungen verflogen, die ihre jüngsten Erlebnisse ihnen gebracht hatten.

»Unter zwei Bedingungen«, antwortete Phoebe.

»Und die wären?«, fragte Paige.

»Dass ich einen größeren Brownie bekomme als Cole«, antwortete Phoebe. »Und dass du und Piper mich ins Erholungsbad begleitet.«

»Einverstanden!«, erklärte Paige. Sie nahm den Teller mit den Brownies vom Tisch und reichte ihn Phoebe. »Was hältst du von dieser Größe?«

»Hey, ich habe noch gar keines abgekriegt«, protestierte Piper.

»Ups«, machte Paige. »Da du gerade davon sprichst – ich auch nicht.«

»Zum Glück teile ich gern«, sagte Phoebe. »Dazu sind Schwestern doch da, oder?«

Fünf »zauberhafte« Freundinnen retten die Welt

W.I.T.C.H.
Die zerbrochene Kugel, Teil 1
Der steinerne Falke
ISBN 3-8025-3287-2

W.I.T.C.H.
Die zerbrochene Kugel, Teil 2
Die Krallen des Adlers
ISBN 3-8025-3288-0

W.I.T.C.H.
Die zerbrochene Kugel, Teil 3
Der Schatten der Eule
ISBN 3-8025-3289-9

W.I.T.C.H.
Die zerbrochene Kugel, Teil 4
Der goldene Phönix
ISBN 3-8025-3290-2

Egmont vgs verlagsgesellschaft, Köln

www.vgs.de

Die *Macht der Drei* geht weiter …

ISBN 3-8025-3258-9
Tod im Spiegel

ISBN 3-8025-3303-8
Der Fluch der Meerjungfrau

ISBN 3-8025-3257-0
Im Reich der Schatten

ISBN 3-8025-3263-5
Pforte ins Jenseits

Egmont vgs verlagsgesellschaft, Köln

www.vgs.de

Neue Titel aus unserer »Magischen Reihe«

Gabriela d'Albert
WECKE DIE MACHT IN DIR
Hexentipps und Zauberweisheit für mehr Power
und Selbstvertrauen
112 Seiten
ISBN 3-8025-2998-7

Maja Sonderbergh
DAS MAGISCHE JAHR
Der immerwährende
Hexenkalender
112 Seiten
ISBN 3-8025-3279-1

Yan d'Albert
DAS BUCH DER MAGISCHEN
ORTE Geheimnisvolle Plätze,
zauberhafte Burgen,
heilende Quellen
128 Seiten
ISBN 3-8025-3256-2

Yan d'Albert
DIE HEXENWERKSTATT
In dreizehn Schritten zum
Zauberdiplom
96 Seiten
ISBN 3-8025-3280-5

Egmont vgs verlagsgesellschaft, Köln

www.vgs.de

Buffy
Im Bann der Dämonen™
CHAOS BLEEDS

Sunnydale, Kalifornien
Bevölkerung: Böse

diesem 3rd-Person Action-Adventure tritt Buffy gemeinsam mit ihren eunden gegen das mächtigste Böse an, das es bisher gab!
Ein Todfeind aus Buffy´sVergangenheit hat die ultimative Inkarnation der dunklen Seite freigesetzt - das "Erste Böse". Jetzt müssen Buffy und ihre Freunde sich mit einem ungleichen Partner verbünden, um Vampire, Zombies und andere blutrünstige Teufelsgestalten zu bekämpfen. Zerstöre das Böse, bevor Sunnydale für immer in ewiger Dunkelheit versinkt.

- Authentisches Buffy-Feeling: Die Story wurde von Autoren der TV-Serie geschrieben. Inklusive der Originalstimmen aus der Serie
- Spiele als Buffy, Xander, Willow, Spike, Faith und Sid, der Bauchrednerpuppe
- Einzigartige Waffen: Pflöcke, Weihwasser u.v.m
- Jeder Charakter verfügt über 100 spezielle Kampftechniken
- Neue teuflische Gegner wie Zombies, Fledermaus-Monster, Zombi-Gorillas sowie neue Umgebungen
- Multiplayer-Spielspaß: Bekämpfe das Böse mit bis zu 4 Freunden - 4 Spielmodi und 20 gute und böse Charaktere sorgen für Abwechslung
- Exklusives Bonusmaterial: Interviews, Konzept-Zeichnungen, E-Comic, Fotogalerie und vieles mehr

www.vugames.com

Unterstütze die Jägerin!
Ab Oktober für deine PlayStation®2, Xbox™
und den Nintendo GameCube™!

PlayStation 2 XBOX ™

3 Twentieth Century Fox Film Corporation. Alle Rechte vorbehalten. Fox Interactive, Buffy - Im Bann der Dämonen, Buffy - Im Bann der Dämonen: Chaos Bleeds und verbundene Logos ngetragene Marken oder Marken der Twentieth Century Fox Film Corporation. "PlayStation" und das "PS" Family Logo sind eingetragene Marken von Sony Computer Entertainment Inc. Microsoft, Xbox, und das Xbox Logo sind entweder eingetragene Marken oder Marken der Microsoft Corporation und werden unter Lizenz von Microsoft verwendet.
NINTENDO GAMECUBE AND THE NINTENDO GAMECUBE LOGO ARE TRADEMARKS OF NINTENDO.

Close Up

BIG IN POSTERS, SHIRTS & MERCHANDISE

Suchst du Fan-Artikel zu Kino & TV-Serien?

ANGEL • BUFFY • CHARMED • SMALLVILLE UND VIELES MEHR!!!

Gleich GRATIS-KATALOG anfordern!

MIT ÜBER 5000 ARTIKEL. VOLL FETT! VOLL FARBIG!

Hotline 01804-450 450 0,24€/Anruf

bitte Stichwort "VGS" angeben

www.closeup.de

CLOSE UP POSTERS, ZEPPELINSTR. 41, D-73760 OSTFILDERN